세계 교과서 동화
중국

옮긴이 **최송림** / 그린이 **남정임** 외

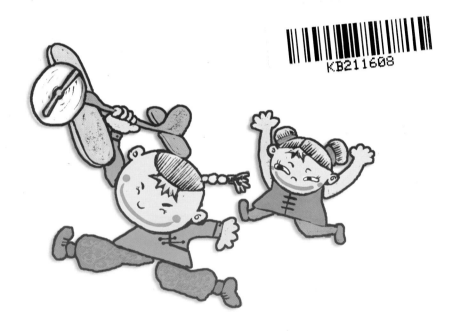

KB211608

(주)학은미디어

무섭게 발전하는 중국

세계 제1의 인구 대국인 중국은 무려 13억의 숫자를 자랑하지요. 그런데 어느 새 중국 네티즌이 6천만 명이 되었대요! 미국에 이어 세계 2위라니, 정말 발전 속도가 무섭게 빠르네요.

요즘 중국 정부의 최대 관심사가 무엇인지 아세요? 어떻게 하면 중국 국민들로 하여금 돈을 쓰도록 하느냐 하는 것이래요. 아끼는 것이 몸에 밴 중국 사람들은 모을 줄만 알지 쓸 생각을 하지 않아서 골치라지 뭐예요?

"한국 아이들은 가방에 일 주일 입을 옷으로 가득하고, 중국 아이들은 일 주일 먹을 과자로 가득해요."

이런 말을 하리만큼 중국 사람들은 먹기를 즐겨요. 그래서 먹거리 문화가 세계적인 수준으로까지 발달하게 되었나 봐요.

　중국 어디서나 수많은 사람들이 부지런히 움직이는 것을 볼 수 있어요. 대개 기름이 들지 않는 자전거를 많이 이용한답니다. '자전거 천국'이라는 말이 어울리리만큼 도시 곳곳에 자전거 전용 도로가 만들어져 있어서 아주 편리해요. 육교까지도 자전거로 다닐 수 있도록 완만한 경사로 이루어져 있어요.

　예전의 중국 하면 회색이나 검정색·흰색의 옷들이 떠올랐는데, 지금은 얼마나 화려한지 몰라요.

　큰 땅과 엄청난 인구 등을 문화적 배경으로 삼고 있는 중국 어린이들의 마음 속으로 함께 들어가 볼까요?

엮은이 최송림

유럽

아시아

대한민국

북아메리카

중국

아프리카

남아메리카

오세아니아

중국 (中國, China)

황허 강을 중심으로 고대 문명이 일어난 중국은 세계에서 인구가 가장 많은 나라(세계 인구의 약 20%)이다. 중국은 예부터 우리 나라와 교류가 활발했으나, 중국이 6 · 25 전쟁에 참전하고 전후 냉전 체제로 인해 20여 년 간 정치적 · 경제적으로 단절되기도 하였다. 한 · 중 수교가 이루어진 1992년부터 중국과 우리 나라는 정치 · 사회 · 문화적으로 서로 영향을 주며 우호 관계를 맺어 오고 있다.

- 정식 명칭 : 중화 인민 공화국(People's Republic of China)
- 위치 : 아시아 동부
- 면적 : 960만㎢(한반도 면적의 44배, 세계 3위)
- 인구 : 약 13억 명(2000년)
- 인구 밀도 : 132명/㎢(2000년)
- 수도 : 베이징
- 정체 : 인민 공화제
- 공용어 : 중국어
- 통화 : 위안(Y)
- 나라꽃 : 매화

차 례

손바닥 백과

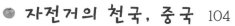

덜렁덜렁 덜렁이

왕청린은 매우 총명한 아이입니다. 부지런하고 착하고, 공부도 잘하고, 다정하기까지 합니다. 그러나 단 한 가지 문제가 있답니다.

무엇이 문제냐고요? 그 많은 좋은 점에도 불구하고 왕청린이 사람들에게 지적을 받는 커다란 문제점은 너무너무 성격이 급한 나머지 덜렁댄다는 것입니다.

어느 날 청린은 베이징에 있는 아버지께 편지를 썼습니다.

존경하는 아버지께

아버지께서 저번에 제가 덜렁댄다고 걱정하셨지요? 이제 걱정하지 마세요. 드디어 저는 자랑스럽게 말씀드릴 수 있어요. 덜렁대는 버릇을 완전히 고쳤다고요. 못 믿으시겠다고요? 그럼 할머니께 여쭈어 보세요. 할머니께서 이렇게 말씀하실 테니까요. "호호, 우리 청린이가 말이야, 이제는 완전히 다른 아이가 되었단다. 며칠 동안 단한 번도 덜렁댄 적이 없단다." 하고 말예요. 혹시 저를 믿지 못하시는 건 아니죠? 저는 정말 의젓해졌답니다.

청린은 자나깨나 엄마 아빠가 걱정
하시는 자신의 덜렁대는 습관을 말끔히
고쳤다는 편지를 쓴 다음, 봉투에 뽀뽀를 하고 우
표를 붙였습니다. 그리고 곧장 우체통을 향해 달음
질쳤습니다.

'야, 신난다! 내일 아침이면 편지를 아버지가 받
아 보시겠지? 편지를 읽으시고 얼마나 기뻐하실
까?'

편지를 부치고 와서 청린은 이내 잠자리에 들었
습니다. 그 날 밤 청린은 정말 기분 좋은 단잠을
잤습니다. 꽤 멋진 꿈도 꾸었습니다. 아버지가 청
린을 칭찬하면서 이러시지 뭡니까!

"역시 우리 아들이 최고야! 여름 방학 때는 너를
베이징에 데려가서 구경시켜 주어야겠는걸!"

그런데 갑자기 시끌벅적한 소리가 들려서 청린은

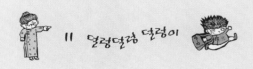

신나는 꿈에서 깨어났습니다. 눈을 떠 보니 벌써 해가 중천에 떠서, 눈부신 햇빛이 방 한가운데까지 들어와 있었습니다. 책상 위의 자명종 시계가 긴 바늘은 12, 짧은 바늘은 7을 가리키고 있었습니다.

'이런, 이런! 7시잖아!'

청린은 부리나케 일어나면서 소리쳤습니다.

"이게 어떻게 된 거야? 벌써 7시잖아!"

오늘은 학교에서 아침 체조를 하기 때문에, 청린은 분명히 6시에 자명종이 울리도록 시계를 맞춰 놓고 잠자리에 들었던 것입니다. 자명종이 고장나지 않았다면, 짧은 바늘이 '6'에 올 때 시계가 울렸어야 하는데, 어찌 된 영문인지 짧은 바늘이 '7'에 와도 시계가 울리지 않았던 것입니다. 정말 귀신이 곡할 노릇입니다.

중천 : 하늘의 한가운데.

'이게 대체 어찌 된 일이지?'

청린은 울상을 지으며 할머니를 불렀습니다.

"할머니, 시계가 고장났어요! 오늘 지각하게 생
겼단 말이야, 엉엉……."

놀란 할머니가 방으로 들어왔습니다.

"시계가 울리지 않다니, 도대체 무슨 소리냐?"

할머니는 시계를 빼앗듯이 가져가서 이리저리 흔
들어 보면서 살폈습니다.

'째깍 째깍…….'

시계는 잘도 가고 있었습니다.

"고장은 무슨 고장! 아무 이상 없다."

그런데 태엽을 돌려 본 할머니는

그제서야 알겠다는 듯 고개를 끄덕였습니다.

"쯧쯧, 태엽 감는 걸 잊었잖니! 태엽을 감아 줘
야 시계가 울릴 거 아냐, 이 덜렁이 녀석아! 그
래, 안 그래?"

청린은 아무 말도 할 수 없었습니다. 또 덜렁대
다가 지각하게 된 것을 누구 탓으로 돌릴 수 있겠
어요!

청린은 부리나케 벽에 걸려 있는 책가방을 낚아
채 어깨에 둘러메고 죽어라 하고 학교로 뛰어갔습
니다. 헐레벌떡 교실에 들어갔을 때는 이미 수업
시작 종이 울린 후였습니다.

첫 시간은 작문 시간이었습니다. 선생님이 마침 칠판에 글씨를 쓰고 있어서, 청린은 뒷문으로 몰래 들어가 슬금슬금 자리에 가서 앉았습니다. 그리고 숨을 돌린 뒤 책가방을 더듬어 아무거나 우선 한 권 꺼냈습니다. 책 표지에 〈법률 연구〉라고 씌어진 낯선 책이었습니다.

'이게 어떻게 된 일이지?'

놀란 청린은 얼른 〈법률 연구〉책을 가방 안에 다시 집어 넣고 더듬더듬 다른 책을 꺼냈습니다. 이번에 꺼낸 책은 겉장에 〈교량 건축학〉이라고 씌어져 있었습니다.

'아, 이건 또 어찌 된 일람? 누구 책이 내 책 가방 안에 들어와 있지?'

청린의 심장이 콩닥콩닥 뛰기 시작했습니다. 청린은 의아해하면서 가방 안을 다시 더듬었습니다.

교량 : 다리.

그런데 이번에는 아주 색다른 감촉이 느껴지는 것이 아니겠어요! 보들보들하고 부드러운 촉감이었습니다.

'으악!'

청린은 하마터면 놀라 기절할 뻔했습니다. 그것은 다름 아닌 뜨개질하는 털실 뭉치였던 것입니다. 다른 때 같았으면 청린은 교실이 떠나가라 이렇게

촉감 : 무엇에 닿았을 때의 느낌.

소리를 질렀을 것입니다.

　"누구야? 누가 내 책가방에 장난쳤어?"

　그러나 지금은 수업 시간이기 때문에 입을 다물고 있어야 했습니다.

　그 때 짝꿍이 청린의 팔을 툭 치면서 속삭였습니다.

　"야, 정신차려! 그건 네 가방이 아니잖아!"

　청린이 가방을 자세히 보니 가방 색깔이 초록색이고 끈이 달린 것은 같지만, 훨씬 크고 무거웠습니다.

　'그럼 그렇지! 이건 내 가방이 아니야.'

　작문 시간이 끝나자마자 청린은 가방을 등에 메고 집으로 내달렸습니다. 쉬는 시간 동안 얼른 가방을 바꿔 올 셈이었습니다. 달리면서도 줄곧 이 가방이 누구 것인가를 생각했습니다.

'맞아! 뜨개질용 털실이 있는 것을 보면, 엄마 가방일 거야! 엄마는 손을 쉬는 법이 없잖아.'

정말 엄마는 공장에 나갈 때도 털실 뭉치를 가지고 다녔습니다. 점심 시간에 틈이 나면 동생 옷이나 청린의 옷을 뜨기 위해서라고 말하곤 했지요.

청린은 이런 생각이 들자 곧 불안해지기 시작했습니다.

'엄마가 털실을 가져오시지 않은 걸 알면 얼마나 안타까워하실까?'

이렇게 생각한 청린은 그 가방을 엄마에게 갖다 드려야겠다고 마음먹었습니다.

엄마가 다니는 공장은 학교에서 별로 멀지 않은 곳에 있었습니다. 청린은 또 정신 없이 뛰어서 엄마가 일하는 공장 정문에 이르렀습니다.

정문의 수위실에는 마침 수위 아저씨가 꾸벅꾸벅

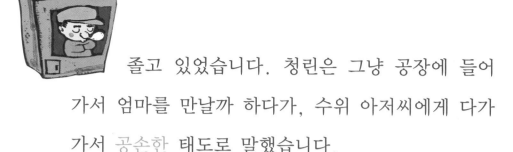

졸고 있었습니다. 청린은 그냥 공장에 들어가서 엄마를 만날까 하다가, 수위 아저씨에게 다가가서 공손한 태도로 말했습니다.

"부탁 좀 할게요, 아저씨! 이건 우리 엄마 뜨개질 털실인데요, 오늘 깜박 잊고 그냥 가셨거든요. 이 가방 좀 전해 주시겠어요?"

아저씨는 가방을 받으면서 이렇게 물었습니다.

"그거야 어렵지 않지. 허허, 꼬마 녀석이 참 착하구나."

청린은 기분이 좋아져서 수위 아저씨에게 꾸벅 인사를 하면서 말했습니다.

"아저씨, 고맙습니다. 은혜는 잊지 않을게요."

말을 마치기도 전에 청린은 집을 향해 뛰기 시작했습니다.

놀란 아저씨가 등 뒤에서 소리를 질렀습니다.

공손한 : 예의바르고 겸손한.

세계 교과서 동화

"잠깐만, 꼬마야! 멈춰! 빠뜨린 게 있잖아!"

청린은 뛰어가다가 고개를 돌려 아저씨를 향해 소리를 질렀습니다.

"말씀드리지 않은 게 뭐 있어요? 그걸 우리 엄마한테 전해 주시기만 하면 되는걸요. 전 너무너무 바쁘단 말예요."

"아니, 저 녀석이? 우리 공장에 너희 엄마 같은 아주머니가 한두 명이 아니란 말이야. 네 엄마가 누구인지 알아야 전해 드릴 거 아냐?"

"아저씨도 참! 우리 엄마가 우리 엄마지 누구예요?"

아저씨는 청린의 뒤를 쫓아갔으나 수위실을 비워 두고 멀리 따라갈 수도 없어서, 혀만 끌끌 찰 뿐이었습니다.

청린이 온몸이 땀으로 범벅이 되어 집에 돌아왔

을 때, 할머니는 방 안을 이리저리 둘러보면서 고
개를 갸우뚱거리고 있었습니다.

"할머니, 뭘 찾고 계신데요?"

할머니가 한숨을 내쉬면서 대답하였습니다.

"이 할미가 이젠 늙어서 정신이 없나 보다. 털실
을 잘 챙겨 둔다고 두었는데……."

"털실이라고요? 헤헤, 틀림없이 링링이 공놀이를
한다고 들고 나갔을 거예요."

청린은 누이동생을 찾으러 나가면서 중얼거렸습
니다.

"이 말썽꾸러기! 잡으면 알밤이 열 대다!"

"네 동생은 아니야. 링링이 또 가지고 놀까 봐서
네 아범 가방에 감춰 놨는걸."

할머니는 걱정스런 표정을 지으면서 이렇게 덧붙
였습니다.

"그 가방을 벽에 걸어 놓은 것 같은데, 도대체 어디로 가 버렸지? 다른 곳에 두었나?"

청린은 마음 속에 뭔가 짚이는 것이 있었습니다.

"할머니, 가방을 저 쪽 벽에 걸어 놓지 않았나요? 초록색 가방요."

"맞아. 저기에 걸어 놓은 것 같은데 보이지 않는구나. 초록색 가방이 어디 있는지 봤니?"

"네, 보기는 봤는데……."

청린은 더 이상 말을 할 수 없었습니다. 그러나 멍청히 있을 때가 아니라는 생각이 들어, 바람처럼 또 달려서 공장으로 갔습니다.

청린이 그 털실 뭉치가 든 가방을 엄마의 공장 수위실에서 되찾아 오는 것을 보고 할머니는 할 말을 잃었습니다.

23 덜렁덜렁 덜렁이

"이 덜렁이! 해도해도 너무하는구나! 내 당장 아범한테 편지를 써서 다 일러바쳐야겠다!"

"할머니, 한 번만 봐 주세요!"

청린은 할머니가 아버지에게 편지를 써서 고자질할까 봐 마음을 졸였습니다.

'어젯밤 편지에 덜렁대는 버릇을 완전히 고쳤다고 자랑했는데, 할머니의 편지를 받으시면 나를 어떻게 생각하겠어?'

청린은 골치가 아팠습니다. 생각 끝에 청린은
아버지에게 편지를 다시 쓰기로 했습니다.
아무래도 덜렁대는 버릇이 완전히 고쳐진 것 같지
않아서였습니다.

청린은 서두르면 서두를수록 일이 더 꼬인다는
것을 새삼스럽게 깨달았습니다. 아버지에게 쓸 편
지지를 찾으려고 이리저리 뒤지다 보니, 책상 서랍
사이에 편지지가 끼여 있었습니다.

'어, 이게 뭐지?'

청린은 서랍을 천천히 열어 편지지가 찢어지지
않도록 빼냈습니다.

'이것 봐, 하나도 찢어지지 않게 이렇게 잘 빼냈
잖아? 침착하게 말이야.'

청린은 어깨를 으쓱하며 빙긋 웃었습니다.

청린은 글을 쓰려고 연필을 꺼냈습니다. 그런데

글쎄 편지지 위에 글씨가 씌어져 있지 않겠어요?

존경하는 아버지께

아버지께서 저번에 제가 덜렁댄다고 걱정하셨지요? 이제 걱정하지 마세요. 드디어 저는 자랑스럽게 말씀드릴 수 있어요. 덜렁대는 버릇을 완전히 고쳤어요. 못 믿으시겠다고요? 그럼 할머니께 여쭈어 보세요. 할머니께서 이렇게 말씀하실 테니까요. "호호, 우리 청린이가 말이야, 이제는 완전히 다른 아이가 되었단다. 며칠 동안 단 한 번도 덜렁댄 적이 없단다." 하고 말예요. 혹시 저를 못 믿으시는 건 아니죠? 저는 정말 의젓해졌답니다.

청린은 편지를 다 읽고 나서 어안이벙벙해졌습니다.

'내가 아버지께 부친 편지잖아? 이게 도대체 어떻게 된 일이지? 분명히 편지를 봉투에 넣어 우체통에 넣었는데, 이게 왜 여기에 있지? 편지가 스스로 되돌아와 책상 서랍에 끼어 들어갈 리는 없을 테고……. 그 날 편지를 부칠 때 이 편지지를 넣지 않고 빈 봉투를 부쳤나? 그게 아니면? 아버지께 부친 편지 봉투 안에는 도대체 뭘 넣었지? 혹시 낙서한 종이를 넣어 부친 거 아냐?'

울상이 된 청린은 머리를 싸고 곰곰이 생각해 보았습니다. 하지만 도무지 편지 봉투 안에 무엇을 넣었는지 생각나지 않았습니다.

27 덜렁덜렁 덜렁이

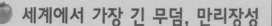

🍅 세계에서 가장 긴 무덤, 만리장성

중국 하면 가장 먼저 떠오르는 것이 세계 7대 불가사의 가운데 하나로 꼽히는 만리장성입니다.

만리장성은 기원전 4세기경 연(燕)·조(趙)·위(魏) 등에서 이민족의 침입을 막기 위해 쌓은 성벽들을 기원전 3세기경 진나라의 시황제가 각 장성을 하나로 연결하고 붙인 이름이에요. 이 연결 공사는 10년이나 걸렸으며 30만의 군사와 수백만의 백성들이 동원되었대요. 공사 도중에 수많은 사람들이 죽었는데 죽은 사람들을 장성 속에 그대로 묻었답니다. 세계에서 가장 긴 무덤이라고도 할 수 있지요. 그 후에도 역대 왕조들이 수십 차례 개축하여 지금의 만리장성이 완성되었어요.

만리장성의 길이는 6,700km에 이르며, 이것을 곧게 늘어뜨리면 747비행기로 7시간이나 걸리는 어마어마한 길이래요.

두 꾸러기의
변화 무쌍한 장래 희망

"야, 메이! 빨리 일어나! 평생에 한 번 볼까 말까
한 대단한 장면이라니까!"

오빠 차오가 이불 속에서 곤히 자고 있는 여동생
메이를 마구 흔들어 깨웠습니다.

"보면 영광, 안 보면 후회! 우리가 만든 비행기가 곧 밤하늘을 훨훨 난단 말이야!"

밝은 낮 동안에 신나게 뛰어노는 메이는 항상 이불 속으로 들어가기만 하면 정신 없이 곯아 떨어집니다. 금방 잠자리에 들었던 메이는 오빠가 자꾸 흔들어 깨우자, 졸린 눈을 비비면서 억지로 일어났습니다.

"'보면 영광, 안 보면 후회!'가 아니기만 해 봐. 무슨 비행기를 밤에 날린다고 야단이람!"

메이가 투덜거리며 말했습니다.

이 때, 차오의 단짝 친구인 시룽이 창문 밖에서 비행기를 들어 보이며 소리를 질렀습니다.

"메이, 이 비행기가 곧 밤하늘을 날 거야."

메이는 맨발로 창문으로 다가가서 밖을 내다보더니 입을 삐죽 내밀었습니다.

"피, 순 거짓말쟁이들이야. 그게 무슨 비행기야? 괜히 잠도 못 자게 깨우고……."

차오가 다급하게 대답했습니다.

"메이, 이건 보통 비행기가 아니야. 미사일 비행기라고. 알겠어?"

"무슨 미사일 비행기가 그래? 꼭 나무 잠자리 같잖아?"

차오와 시룽, 두 꼬마 과학자는 메이의 말에 실망했습니다. 사흘 동안 밤낮을 잊고 꼬박 이 비행기를 만드는 데 매달렸는데 메이의 반응이 신통치 않으니까요. 내일 학교의 특별 활동 시간에 있을 모형 비행기 시합에 참가하기 위해 온갖 기술을 총동원했는데, 코흘리개 동생에게 핀잔을 듣다니요! 메이는 두 과학자를 깔보는 게 분명했습니다.

차오는 여동생에게 쏘아붙였습니다.

"까불지 마! 이건 진짜 비행기야. 설계도를 보고 만든 거란 말이야!"

메이의 핀잔은 계속되었습니다.

"흥, 그까짓 비행기, 아무리 많아도 부럽지 않아!"

시룽은 화가 나서 비행기를 메이의 코앞에 들이대며 말했습니다.

"이건 진짜라고! 여기 쇠못 보이지? 이 쇠못에 고무줄을 세게 감았다가 '탕' 하고 놓으면 비행기가 날아가는 거야. 날아갔다 하면 우리 집까지 너끈히 갈걸?"

그제서야 메이의 눈이 반짝이기 시작했습니다. 메이는 흘금흘금 비행기를 곁눈질했습니다.

"그래? 그럼 지금 당장 날릴 수 있어?"

"물론이지. 차오, 당장 시범을 보여 주자."

시룽이 차오의 옆구리를 팔꿈치로 치며 소곤거렸습니다.

"시룽, 저기 우이엔네 집에 아직 불이 켜져 있어. 우이엔이 안 자는 게 틀림없어."

"그런 건 아무래도 상관없어. 자, 미사일 비행기 이륙 준비!"

두 어린 과학자는 같은 반 친구인 우이엔이 자기 집 창문 밖으로 고개를 내밀고 자신들의 걸작품을 구경하기를 은근히 바랐습니다.

그러나 우이엔네 집 창문에서는 이따금 여러 사람의 웃음소리가 들려 올 뿐, 우이엔은 창문 밖으로 고개를 내밀지 않았습니다.

"발사!"

차오는 엄숙한 표정으로 고무줄을 감았던 손을 놓았습니다.

이륙 : 땅에서 떠오름.

"피웅!"

경쾌한 소리와 함께 비행기가 차오의 손을 떠나 하늘로 날아올랐습니다. 그러나 불쌍한 비행기는 차오의 손을 떠나자마자 폭격을 맞은 듯 빙글빙글 돌면서 아래로 추락해 버렸습니다.

"악!"

"이럴 수가!"

두 과학자가 받은 충격은 이만저만이 아니었습니다. 시룽은 집 밖으로 뛰어내려가서 가로등 밑을 이리저리 찾아보았습니다. 그러나 비행기는 보이지 않았습니다.

'혹시 우이엔네 집 창문으로 들어간 것은 아닐까? 안 돼, 그건 안 돼! 차라리 비행기를 다시 만들고 말지!'

시룽은 고개를 흔들며 소리쳤습니다.

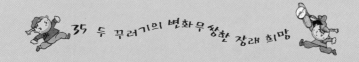

뽐내기 대장 우이엔이 이 사실을 알면 배꼽을 잡고 웃으며 친구들에게 떠들어댈 게 뻔합니다.

"시룽, 그만 올라와. 어서!"

위층에서 차오가 소리쳤습니다.

'차오가 비행기를 찾았나?'

시룽은 반가운 마음에 위층으로 뛰어 올라갔습니다. 그런데 시룽이 헐레벌떡 위층으로 올라오는 순간, 우아! 기적 같은 일이 눈앞에 펼쳐졌습니다.

"피웅!"

사라졌던 비행기가 어딘가에서 불쑥 나타나 메이의 머리 위를 한 바퀴 돌고는 사뿐히 내려앉는 게 아닙니까! 마치 우주선처럼요.

메이가 얼이 빠져 비행기를 보고 있다가 소리쳤습니다.

"오빠, 비행기에 쪽지가 붙어 있어!"

　　　차오가 쪽지를 펴자 다음과 같은 글이
씌어져 있었습니다.

　　　꼬마 친구들에게

　　　이 비행기에는 두 군데의 잘못이 있군요. 첫번
째 잘못은 비행기의 몸체 비율이 틀렸다는 것이
고, 두 번째 잘못은 오른쪽 날개의 각도가 맞지
않다는 것이에요. 잘 살펴보고 고친다면 멋진 비
행기가 될 거예요. 소년 과학자들의 발전을 기대
합니다.

"도대체 이 쪽지를 누가 쓴 걸까? 혹시 우이엔일
까?"
"아니야. 우이엔의 글씨는 반듯반듯해. 하지만
쪽지의 글씨는 흘려 썼잖아. 어른의 글씨체가 분

명해!"

"그럼 누가 쓴 걸까?"

세 아이들은 머리를 맞대고 생각해 보았지만 수수께끼를 풀 수가 없었습니다.

특별 활동 시간이 되었습니다. 그러나 모형 비행기 시합은 아직 열리지 않았습니다. 차오와 시룽은 체조 연습실 한쪽 귀퉁이로 가서 될 수 있는 대로 사람 눈에 띄지 않는 곳에 앉았습니다.

차오와 시룽의 장래 희망이 처음부터 과학자였던 것은 아닙니다. 언제부터인가 두 아이는 책가방을 엉덩이 밑에 깔고 앉아 중대한 고민을 하게 되었는데, 그것은 '이다음에 커서 무엇이 되지?' 하는 것이었습니다.

그러다가 4학년이 될 무렵 차오는 아주 흥미로운 책을 한 권 읽게 되었습니다.

'와, 책이 이렇게 재미있다니! 나는 이다음에 꼭 훌륭한 작가가 될 거야.'

차오는 작가가 되겠다고 시룽에게 말했습니다. 그러자 시룽도 가만히 있을 수 없었습니다.

'좋아! 나도 차오와 같이 작가가 될 거야.'

시룽은 그 자리에서 굳은 결심을 했습니다.

작가가 되려면 책을 많이 읽어야 한다는 소리를 주워 들은 시룽은 당장 큰형에게 두꺼운 책을 빌려 책읽기에 골몰했습니다. 책에 씌어져 있는 글이 무슨 뜻인지 아리송했지만, 읽고 또 읽으면 알 듯도 했습니다.

"너, 무슨 뜻인지 알아?"

"반반이야."

"이렇게 뜻도 모르고 계속 읽어도 될까?"

"지성이면 감천이야."

지성이면 감천 : 어떤 일을 정성껏 하면 좋은 결과를 맺는다는 말.

두 꾸러기들은 더욱더 책읽기에 열을 올렸습니다. 수업 시간에도 공부는 뒷전이고 책상 밑에 책을 숨겨 놓고 몰래 읽곤 했습니다.

그러는 사이에 보름이 지나 받아쓰기 시험을 보게 되었습니다.

"세상에! 낙제 점수를 받은 학생이 두 사람이나 나왔어요. 차오와 시룽, 너희들 공부 시간에 뭘 했니?"

화가 난 선생님의 눈이 가자미눈이 되었습니다.

창피를 당한 위대한 두 작가 지망생은 땅이 꺼져라 한숨을 쉬었습니다.

'작가가 되기는 어렵겠어!'

받아쓰기 시험에 낙제를 한 작가가 있다는 말은 아직 들어본 적이 없었으니까요.

이틀 뒤, 시룽은 큰형에게서 아주 신나는 말을

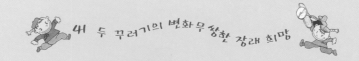

듣게 되었습니다.

"지리학자가 되면 전국 방방곡곡을 돌아다닐 수 있지."

"정말?"

시룽은 그 날 당장 차오와 의논한 끝에 작가는 다른 사람에게 맡기고, 지리학자가 되자고 결심했습니다.

그러나 지리 시간이 되자 두 지리학자의 꿈은 또 다시 물거품으로 변하고 말았습니다. 지리를 가르치는 레이 선생님이 수업 중에 시룽을 지명하여 물었습니다.

"지중해는 어디에 있지?"

알 리가 없었습니다.

"음… 네, 그, 그건……."

"그럼 차오가 말해 보렴."

지중해 : 대서양에 딸린 바다. 유럽·아시아·아프리카의
　　　　세 대륙에 둘러싸여 있다.

차오는 머리를 긁적이며 대답했습니다.

"네, 지중해는 땅 속에 있습니다."

교실 안은 온통 웃음 바다가 되었습니다. 차오는 멋적은 듯이 변명을 늘어놓았습니다.

"땅 지(地), 가운데 중(中), 바다 해(海)…. '땅 가운데 바다'니까 땅 속에 있지 않을까요?"

두말 할 것도 없이 그 날로 지리학자로서의 꿈도 날아가고 말았습니다. 그 뒤로도 두 꾸러기들은 수학자, 발명가 등등 여러 가지 꿈을 꾸었지만, 얼마 안 가서 다른 꿈으로 바꾸곤 했습니다.

'이러다가 아무것도 안 되겠네. 후유, 장래에 뭐가 되지?'

두 꾸러기가 사방팔방 고민하고 있는데, 마침 과학 선생님이 아이들에게 과학 기술 활동에 참여하는 것이 어떻겠느냐는 의견을 내놓았습니다.

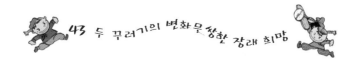

"그래, 작가니 지리학자니 하는 것들은 다 소용 없어."

"맞아. 과학자가 되는 게 제일 낫겠다."

그래서 차오와 시룽은 하늘을 나는 비행기를 만드는 과학자가 되기로 했습니다. 하지만 그것도 실패하고 말았으니, 참으로 답답한 노릇이었습니다.

실패의 이유를 꼼꼼하게 따져 보니, 차오는 비행기 몸체의 비율에 소수점을 잘못 찍었고, 시룽은 날개의 각도 같은 것은 애초부터 안중에도 없었던 것입니다.

'그렇다면 이제 무엇을 한담?'

두 꾸러기가 이런 고민을 하면서 머리를 짜내고 있을 때, 갑자기 어디선가 날카로운 목소리가 들려왔습니다.

"여기 있었구나? 다리 아프도록 찾아다녔는

안중 : 생각하고 있는 범위.

데……."

우이엔이 길게 땋은 머리를 나풀거리며 다가왔습니다. 항상 1등인 우이엔은 의기양양하게 두 꾸러기를 다그치기 시작했습니다.

"수학 숙제 빨리 내!"

차오와 시룽의 낯빛이 변했습니다.

'이키나! 비행기를 만드느라 새까맣게 잊고 있었잖아!'

시룽은 멀뚱멀뚱 자기 코만 내려다보았습니다. 차오는 두 눈을 질끈 감으며 "숙제 못 했어!" 하고 말했습니다.

"뭐야? 작가, 지리학자, 과학자는 숙제 따위는 안 해도 된다는 거야? 비행기 몸체 비율 하나 계산하지 못하고, 날개 각도도 제대로 맞추지 못한 주제에……."

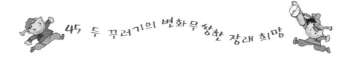

45 두 꾸러기의 변화무쌍한 장래 희망

우이엔이 쏘아붙이자 시룽이 얼굴을 붉히며 물었습니다.

"너, 그 사실을 어떻게 알았니?"

우이엔은 가방을 바닥에 탁 내려놓고 두 꾸러기를 노려보았습니다.

"그럼 아무도 모를 줄 알았어?"

차오는 찬바람을 쌩쌩 일으키며 돌아가는 우이엔을 노려보면서 단짝인 시룽에게 말했습니다.

"아이 참, 얄미워! 멋진 비행기를 만들어서 우이엔에게 본때를 보여 주자, 응?"

일요일 아침 일찍 시룽은 쏜살같이 차오의 집으로 갔습니다. 시룽은 큰형에게 프로펠러 모형 비행기의 설계도를 구해 달라고 졸라서 간신히 설계도를 입수했습니다. 차오는 아래층에 사는 형에게 동화책을 주기로 하고 비행기 날개를 만드는 데 필요

한 얇은 널빤지를 구하는 데 성공했습니다. 하지만 제일 기초가 되는 미사일 비행기조차 만들지 못하는 실력으로 고급 프로펠러 비행기를 만드는 것은 쉽지 않았습니다.

"설계도대로만 하면 문제 없어. 시롱, 설계도를 잘 살펴봐야 돼! 알겠지?"

그런데 설계도는 아무리 뚫어져라 봐도 너무 복잡했습니다. 이리저리 그려진 선들이 너무 얽혀 있어서 조금만 들여다봐도 머리가 어질어질했습니다.

메이는 종이 비행기를 날렵하게 접어 날리며 오빠 옆에서 계속 쫑알거렸습니다.

"미사일 비행기보다 훨씬 잘 날지? 훌륭하지?"

'메이가 비행기의 비밀을 우이엔에게 일러바친 게 틀림없어.'

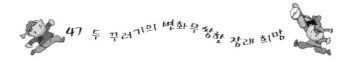

그러잖아도 메이가 눈에 거슬렸던 차오는 이런 생각이 들자 메이의 머리를 '콩' 쥐어박았습니다.

이유도 없이 오빠에게 머리를 쥐어박힌 메이는 단박에 울음을 터뜨렸습니다.

"메이야, 왜 우니? 누가 때렸니?"

하필 그 때 우이엔이 지나가다 끼여들었습니다.

"너, 내 동생한테 우리 비밀을 알아 냈지? 비겁하게……."

차오는 우이엔에게 따졌습니다. 우이엔은 무슨 영문인지 몰라 머리를 갸웃거리다가 앞뒤 이야기를 헤아려 보더니 깔깔 웃었습니다.

그 모형 비행기 사건이 있던 금요일 밤, 우이엔 아버지의 선생님이 마침 우이엔네 집에 들렀습니다. 대학 교수님인 탕 선생님은 유명한 과학자이신데 연세가 일흔이 넘은 분이었습니다.

두 분이 이런저런 이야기를 나누고 있는데 갑자기, '피웅' 하고 어디선가 모형 비행기가 하나 불쑥 응접실로 날아드는 게 아닙니까!

우이엔이 비행기를 주워 내다 버리려고 하자 탕 선생님이 우이엔을 말렸습니다. 탕 선생님은 비행기를 들고 이리저리 살펴보더니 그 자리에서 비행기의 결함을 쪽지에 쓱쓱 써 내려갔습니다. 탕 선생님은 우이엔에게 그 비행기를 쪽지와 함께 주인에게 돌려주자고 말했습니다.

　　탕 선생님은 쪽지를 압정으로 비행기의 오른쪽 날개에 꽂은 다음, 비행기를 창가로 가지고 가서 차오네 집 창문을 향해 다시 날렸습니다.

　　"그래서 내가 비행기의 비밀을 알게 되었던 거야."

　　우이엔은 깔깔 웃으며 집으로 돌아갔습니다.

　　"시룽, 우리 탕 할아버지께 편지를 써 보내는 게 어때? 비행기를 잘 만들 수 있는 비법을 알려 달라고 부탁을 드리는 거야."

　　차오가 시룽에게 말했습니다.

　　"그래, 좋아. 멋진 비행기를 만들어 우이엔의 코를 납작하게 눌러 주자."

　　시룽은 차오의 제안이 그럴 듯하다고 생각했습니다. 그 날 오후 두 꾸러기는 탕 선생님에게 다음과 같은 내용의 편지를 썼습니다.

(차렷! 경례!)

마음 깊이 존경하는 탕 과학자 할아버지께

안녕하세요? 우리는 차오와 시룽이에요. 모두
우이엔과 같은 반이랍니다. 지난 번에 우리가 만
든 비행기는 정말 부끄러웠어요. 이번에는 더 멋
지게 만들고 싶어요. 고무줄을 감아서 만드는 비
행기가 아니라 프로펠러를 돌려서 날아가는 걸로
말예요. 하지만 우리는 설계도를 읽을 수 없어서
곤란해요. 탕 할아버지, 제발 우리에게 쉽게 비
행기를 만들 수 있는 비법 좀 일러 주세요. 손꼽
아, 손꼽아 답장을 기다릴게요.

조국의 미래를 빛낼 두 꼬마 과학자
차오와 시룽 올림

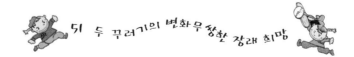
51 두 꾸러기의 변화무쌍한 장래 희망

며칠 후 우이엔이 교실로 들어왔습니다.

"차오, 시룽!"

우이엔은 큰 소리로 차오와 시룽을 불렀습니다.

"그만, 그만 불러! 오늘은 숙제를 해 왔단 말이야. 여기 있어!"

차오와 시룽은 숙제장을 우이엔의 코앞에 들이대며 말했습니다.

"여기 가져가시지, 학습 부장님!"

우이엔은 두 손을 등 뒤로 감춘 채 생글거리며 고개를 가로저었습니다.

"숙제장 걷으러 온 건 아니니까 걱정 마!"

차오와 시룽의 눈이 둥그레졌습니다. 두 과학자가 알기로, 이 학습 부장이 자기들을 찾을 때는 숙제장을 독촉할 때뿐이었거든요.

우이엔은 생글거리다가 손에 쥐고 있는 편지를

두 과학자 앞에 내보였습니다.

"이것 좀 봐! 너희한테 온 편지야!"

차오의 입에서 저도 모르게 탄성이
터져 나왔습니다.

"탕 할아버지다!"

두 꾸러기는 우이엔에게서 편지를 낚아채 죽어라
고 달려 운동장 구석으로 갔습니다.

차오와 시룽은 한 글자 한 글자 읽어 내려갔습니
다. 그러나 손쉽고 간단한 비행기 제작법에 관한
내용은 어디에도 보이지 않았습니다.

레이 선생님이 지나가다가 물었습니다.

"과학자 할아버지께서 너희들에게 뭐라고 쓰셨
니?"

풀이 죽은 차오는 말없이 편지를 레이 선생님에
게 보여 주었습니다.

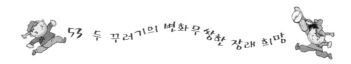

그 때 수업 시작 종이 울렸습니다. 레이 선생님
이 편지를 훑어보더니 말했습니다.

"이 편지를 친구들에게 읽어 주면 어떻겠니? 너
희들 생각은 어때?"

차오와 시룽은 고개를 끄덕였습니다.

교실로 돌아온 선생님은 차오에게 반 친구들 앞
에서 편지를 읽도록 하였습니다.

차오와 시룽, 두 꼬마 과학자에게

보내 준 편지는 잘 받았다. 너희들의 장한 뜻
에 대해서는 이 할아버지도 무척 대견하게 생각
한단다. 하지만 너희들이 내게 부탁한 '손쉽고
간단한 비행기 제작법'에 대해서는 과학자인 나
도 별 뾰족한 수가 없구나.

　　너희들은, 너희들이 만든 작은 비행기처럼 지금 막 출발선에 서서 푸른 하늘을 날려고 준비를 하고 있는 중이지. 비행기가 날아가기 시작하는 출발점은 하늘이 아니라 땅이란다.

　　꼬마 친구들, 너희들에게 멋진 비행기를 만드는 진짜 비법을 일러 주마. '열심히 공부하거라.' 그러면 너희들은 과학과 문화 분야의 지식을 두루 갖춘 훌륭한 인재가 될 거야.

　　꼬마 친구들, 너희들은 지금 모형 비행기를 공부하고 있고, 나는 지금 과학이 당면하고 있는 난관들을 돌파하기 위해 애를 쓰고 있단다. 너희들이 내가 연구하고 있는 이 곳에 오고 싶다면 언제라도 환영이란다. 언젠가 서로 만날 날을 기다리면서…….

너희들의 과학자 친구가

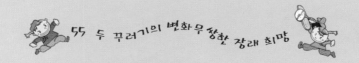

55 두 꾸러기의 변화무쌍한 장래 희망

차오가 편지를 다 읽고 난 후에도 교실 안은 한 동안 쥐죽은 듯 조용했습니다. 아이들은 말없이 교실 밖의 푸른 하늘을 바라보고 있었습니다.

탕 할아버지가 어린이들에게 대단히 소중한 가르침을 깨우쳐 주었던 것입니다.

과연 누구 잘못?

　　사람들이 많이 살지 않는 아주 외딴 곳에 마을이 있었습니다.

　　이 마을은 아주 작은 마을이었기 때문에, 마을 사람들은 모여 앉아 수다 떠는 것을 좋아했습니다.

"아유, 추잉네 집 사촌이 도시에서 자전거를 샀다면서?"

"아니에요. 자전거가 아니라 자가용이래요."

"무슨 자가용! 자가용 운전사로 취직을 했대요."

"취직은 무슨? 도둑질을 하다가 감옥에 갔다던데……."

말이라는 것은, 하다 보면 부풀려지고 덧붙여지게 마련이어서 말이 많을수록 헛소문도 많이 생겼습니다. 마을 사람들은 늘 심심했기 때문에 헛소문을 퍼뜨리는 것도 재미있어했습니다.

임금님은 이 마을 사람들이 퍼뜨리는 헛소문 때문에 골치가 아팠습니다.

이 마을에 사는 젊은이들은 주로 기름을 짜서 시장에 내다 팔거나 나무를 해다 팔며 집안 살림을 도왔습니다.

　이 마을에는 쓰융과 오흥이라는 젊은이가 있었습니다. 쓰융은 날마다 산에 올라가 올리브나무 열매를 모아 기름을 짜 내다 팔았고, 오흥은 당나귀를 끌고 산에 올라가서 땔나무를 해다가 팔았습니다.

　그 날도 두 사람은 한낮에 일을 하고 좁은 길을 걸어서 집으로 돌아오고 있었습니다.

　쓰융은 올리브 기름이 가득 든 항아리를 들고 있었고, 오흥은 당나귀 등에 땔나무를 산더미처럼 얹고 걸어오고 있는 중이었습니다.

　그런데 산길이 어찌나 좁은지 두 젊은이가 한 곳에서 마주치게 되었습니다. 누구 하나가 먼저 비켜 서지 않으면 통과할 수가 없는 좁은 길이었습니다.

　쓰융은 기름이 든 항아리를 조심조심 들고, 오흥은 땔나무를 실은 당나귀를 조심조심 옆으로 밀며 비켜 서려고 했습니다.

그런데 그 때 그만 사고가 터지고 말았습니다.

"쨍그랑!"

하는 소리와 함께 쓰융의 항아리가 깨지고 만 것입니다. 깨진 항아리에서 올리브 기름이 흘러 나와 길을 적셨습니다.

"이런! 쯧쯧, 이걸 어쩌지? 정말 안됐네. 도와
주고 싶은데, 방법이 없군."

깨진 항아리를 보고 오흥이 말했습니다.

쓰융은 오흥의 말에 화가 머리끝까지 치밀어올랐
습니다. 둘에게 똑같이 책임이 있는데, 자기만 손
해를 보았다는 마음이 컸기 때문입니다.

"난 이대로 갈 수 없어. 자네 말을 들어 보니,
   자네의 잘못은 하나도 없다는 투로구먼? 어디 누
   가 잘못한 건지 재판을 받아 보기로 하세."

억울한 생각이 컸던 쓰융은 좁은 길에서 벌어진
이야기를 자세히 적어 임금님에게 보냈습니다. 그
러자 임금님이 곧 소식을 전해 왔습니다.

"재판을 열어 따져 보겠다. 올 때는 두 젊은이만
   올 게 아니라 깨진 항아리와 옆에 있던 바위, 그
   리고 당나귀도 함께 와야 한다."

61 과연 누구 잘못?

두 젊은이는 재판이 열리기로 한 날에 임금님을 찾아갔습니다.

구경거리가 없어 심심해 죽을 지경인 온 마을 사람들이 다 따라 나섰습니다.

"잘 됐다. 재미있겠다!"

"이런 좋은 구경거리를 놓치면 바보지!"

마을이 텅 빌 정도로 온 마을 사람들이 두 젊은이의 재판을 보려고 앞다투어 몰려갔습니다.

그러자 임금님이 마을 사람들에게 명령을 내렸습니다.

"이 세상에 공짜라는 것은 없는 법이다. 그러니 이 재판을 보고 싶은 사람은 돈을 내도록 해라."

마을 사람들은 임금님의 말에 투덜거리면서도 모두들 돈을 냈습니다.

재판은 곧 시작되었습니다.

"먼저 오흥이 대답하거라. 쓰융의 항아리가 왜 깨졌느냐?"

"서로 비키려다 당나귀에게 밀려서 그만……."

"그러면 네게도 잘못이 있는 것이 아니냐?"

그러자 오흥은 변명을 늘어놓기 시작했습니다.

"임금님, 저는 잘못한 게 없습니다. 혹시라도 잘못이 있다면 아마도 이 당나귀일 것입니다. 살짝 부딪친 게 당나귀였으니까요……."

오흥이 당나귀 다리를 잡아채며 말하자, 당나귀가 '히이잉' 하고 울었습니다.

오흥의 말을 듣고 임금님이 당나귀를 향해 물었습니다.

"당나귀야, 그게 사실이냐? 오흥의 말대로 네가 쓰융의 항아리를 깨뜨렸느냐?"

그러자 당나귀가 투덜거리면서 말했습니다.

당나귀야,
그게 사실이냐?

"아닙니다, 임금님. 제가 확실

히 보았는데, 항아리를 깬 것은

제가 아니라 바로 이 바위입니다.

그러니 이 바위에게 물어 보십시오."

"오, 그래? 그럼 바위에게 물어 봐야겠구나."

임금님은 고개를 돌려 바위를 보며 물었습니다.

"바른 대로 말하지 않으면 크게 혼날 줄

알아라. 바위야, 당나귀 말대로 네가

항아리를 깨뜨렸느냐?"

그러자 바위가 억울하다는 듯

대답했습니다.

"말도 안 됩니다. 당나
귀는 잘못을 저한테
덮어씌우려는 거예요.
임금님, 전 정말 아무
잘못도 없습니다. 제게 손이 있습니까,
발이 있습니까? 저는 늘 한결같이 그 자리에 꼼
짝 않고 있는데, 어떻게 항아리를 깨뜨린단 말입
니까?"

"그래, 그것도 맞는 말이다. 그러면 도대체 누구
의 잘못이란 말이냐?"

임금님은 쓰융을 보면서 말했습니다.

"쓰융은 듣거라. 내가 살펴보니, 그
누구의 잘못도 아닌 것 같구나."

"그럼 제 올리브 항아리는요?
깨진 제 항아리는 어떡합니까?"

 65 과연 누구 잘못?

쓰융은 울상을 지으며 임금님께 매달렸습니다.

"임금님, 그 항아리는 제 전 재산입니다. 거기에다 올리브기름을 담아 시장에 내다 파는 것이 제 일이 아닙니까? 전 이대로는 못 돌아갑니다. 제 항아리를 갖기 전에는 돌아갈 수 없어요. 엉엉!"

막무가내로 떼를 쓰는 쓰융 때문에 임금님은 어찌해야 좋을지 몰랐습니다.

'흠, 어쩌면 좋을꼬?'

잠시 생각하던 임금님은 빙그레 웃으며 무릎을 쳤습니다. 좋은 해결 방법이 떠올랐던 것입니다.

"자, 이 돈을 네게 주겠다. 항아리를 깨뜨린 범인이 없는데, 네 항아리는 깨지고 없으니 어찌하겠느냐? 이 돈으로 새 항아리를 사도록 해라."

임금님은 재판을 시작할 때 입장료로 받았던 돈을 쓰융에게 주게 했습니다.

쓰융의 얼굴이 활짝 펴졌습니다.

"임금님, 감사합니다."

"허허, 그럼 이 재판을 이만 끝내도록 하겠다."

임금님의 말이 끝나자 구경하러 나왔던 마을 사람들이 일제히 박수를 쳤습니다.

"정말 현명한 판결을 내리셨어."

쓰융과 오흥도 마음을 풀고 어깨를 나란히 하여 집으로 돌아갔답니다.

 67 과연 누구 잘못?

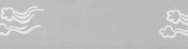

손바닥 백과

🍵 차를 즐겨 마시는 중국인

중국인은 차 없이는 하루도 못 사는 민족입니다. 중국인은 항상 보온병에 뜨거운 물을 준비하여 어느 곳에 가더라도 차를 마시며, 어느 가정을 방문해도 제일 먼저 차를 내 옵니다. 중국인이 이렇게 차를 즐기는 까닭은, 차를 마시면서 마음을 닦고 아울러 다른 사람과 인생을 논하기 위해서라고 합니다. 더구나 기름진 음식을 많이 먹는 중국인들에게 뚱뚱한 사람이 적은 것도 차를 즐겨 마시기 때문이라고 합니다.

중국의 차의 종류는 수천 가지가 넘습니다. 차를 따는 시기나 방법, 색깔, 모양, 지명 등에 따라서 각각 명칭이 다릅니다. 대표적인 차의 종류로는 담백한 백차(白茶), 노란빛의 황차(黃茶), 비타민 C가 많은 녹차(綠茶), 산뜻한 맛의 청차(靑茶), 완전 발효 차인 홍차(紅茶), 곰팡이를 발효시킨 흑차(黑茶) 등이 있습니다.

귀뚜라미와 아이들

유난히 더운 여름날이었습니다.

뤼센은 일찌감치 저녁밥을 먹고 마을 공터에 귀
뚜라미 싸움을 구경하러 갔습니다.

푸쉰과 샤오의 귀뚜라미들은 얼마나 덩치가 크고
살이 통통하게 올랐는지 정말 챔피언다웠습니다.
두 귀뚜라미는 무섭게 서로를 물어뜯으면서 싸웠습
니다.

"그래, 물어! 어서 물어!"

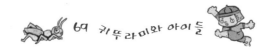

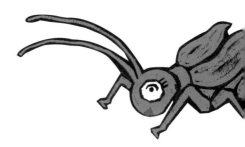

"힘내! 힘내라니까!"

박수를 치면서 뤼셴이 한창 구경하고 있는데, 갑자기 누군가 어깨를 툭 쳤습니다. 돌아보니 퀘이가 이맛살을 찌푸리고 서 있었습니다.

"뤼셴, 빨리 따라와 봐!"

"왜 그래?"

"우체국에서 편지를 받아 왔는데, 우리 둘 다 중학교에 떨어졌대."

"그럼 농사일을 하면 되지, 뭐. 난 식량 증산왕이 되고 말 거야."

뤼셴은 커다란 소리로 퀘이에게 대답했습니다.

이튿날 아침, 뤼셴의 형 칭린은 뤼셴을 매정하게 잠자리에서 쫓아 내며 소리쳤습니다.

"어서 찬물로 세수해. 란타오 아저씨가 널 벌써 우리 생산조에 배치했단 말이야."

증산 : 생산량이 늚. 또는 늘림.

　뤼센은 그제서야 눈을 비비며 일어나 대충 얼굴을 씻은 뒤 밀짚모자를 손에 들고 어슬렁어슬렁 형의 뒤를 따라갔습니다.

　"오늘부터 협동 농장에서 벼베기 대회를 한대. 혼자서 농사짓는 사람들에게 보여 주기 위해서야. 협동 농장에서 벼를 벨 줄 아는 사람은 모두 참가하는데, 빨리 벼를 베되 낟알을 떨어뜨리면 안 된다는 규정이 있어."

　뤼센은 형에게 으스대며 말했습니다.

　"내가 비록 벼를 베어 본 적은 없지만, 그래도 낫을 잡았다 하면 형보다는 나을걸?"

　논에는 벌써 많은 사람들이 모여 있었습니다. 사람들은 벌써 벼를 베고 있었는데, 뤼센은 논둑 저쪽에 다룽과 퀘이가 서 있는 것을 발견했습니다.

다룽은 뤼셴과 함께 졸업했지만 중학교에 진학하지 않고 일찌감치 집에서 농사일을 돕기로 결정하고 일을 배우고 있었습니다.

잠시 후 란타오 아저씨가 뤼셴 쪽으로 다가와서, 아이들의 수를 세어 보더니 이렇게 말했습니다.

"너희들, 농사일 해 본 적 없지? 솜씨들이 어떤가 오늘 시험 좀 해 봐야겠다."

뤼셴은 또 우쭐하는 마음에 란타오 아저씨에게 이렇게 대답했습니다.

"란타오 아저씨, 전 보나마나 합격이에요. 작년 여름 방학 때 벼를 베어 봤는걸요. 자신 있어요!"

"허허, 그래? 그럼, 어디 실력 발휘 좀 해 보려무나."

아이들은 함께 벼를 베기 시작했습니다.

뤼셴은 스스로를 만점 어린이라고 생각하고 있었기 때문에, 벼를 베면서도 속으로는 자신감에 넘쳐 있었습니다. 뤼셴은 형이 가르쳐 준 것을 속으로 되새기면서 벼를 베어 나갔습니다. 먼저 벼 포기를 한 움큼 움켜잡은 뒤, 낫을 꼭 잡고 팔에 힘을 주어 싹둑싹둑 시원스럽게 베어 나갔습니다.

뤼셴은 곁눈질로 옆에서 베고 있는 퀘이를 흘끗 보았습니다.

'헤헤, 내 상대가 안 되는 게 한눈에 다 보이네. 아이고, 퀘이 너는 젖 좀 더 먹고 와야겠다!'

퀘이는 뤼셴보다 한참이나 뒤처져 있었습니다. 거의 거리가 대여섯 걸음은 되고도 남는 것 같았습니다.

얼마 후에 뤼셴이 다시 보니, 퀘이는 아예 서서 낫을 든 채 멍하니 서 있었습니다. 뤼셴은 한참 더 벼를 베고 나서 다시 퀘이 쪽을 돌아보았습니다. 퀘이는 아직까지도 그대로 선 채 소매를 걷어 올리고 있었습니다. 뤼센은 단번에 그가 불합격이라는 걸 눈치챘습니다.

'그럴 줄 알았다. 퀘이 녀석은 엄마 꽁무니만 졸졸 따라다니느라고 아무 일도 배우지 못한 게 뻔하지, 뭐.'

이런 생각이 들자, 뤼센은 더욱 신이 나서 손을 바삐 놀렸습니다. 뤼센은 단연코 세 아이들 중에서 자기가 제일 뛰어난 실력일 것이라고 굳게 믿었습니다.

바로 그 때 뤼센의 발목 아래에서 귀뚜라미 한 마리가 펄쩍 튀어나왔습니다.

'어! 뱀머리귀뚜라미다!'

뤼센은 부리나케 낫을 내려놓고 귀뚜라미를 잡기

위해 기회를 노렸습니다.

　"좋아, 얼마든지 도망쳐 봐라. 내가 금세 잡아
내고야 말 테니까."

　그런데 뱀머리귀뚜라미는 펄쩍펄쩍 뛰어서, 뤼센
이 베어 놓은 볏단 속으로 재빨리 숨어 버리는 것
이 아니겠습니까?

'약올라 죽겠네. 이걸 어떻게 잡지?'

뤼셴은 볏단을 마구 흔들었습니다. 그래도 끄떡 없자, 나중에는 볏단을 논바닥에 몇 번이나 후려쳤습니다.

마침내 그 말썽꾸러기 귀뚜라미는 볏단에서 끌려 나와 뤼셴의 손아귀에 얌전히 사로잡혔습니다.

"요 당돌한 것! 넌 수염이 기니까 '수염 장군' 에 봉해 주마."

뤼셴은 늘 가지고 다니는 작은 대나무통을 주머니에서 꺼내 '수염 장군'을 대나무통 안에 집어 넣었습니다.

그러나 다시 일어서서 뒤를 돌아본 뤼셴은 그만 기절하리만큼 놀라서 얼굴이 벌개졌습니다. 뤼셴의 뒤에 란타오 아저씨가 서 있었던 것입니다.

"뤼셴, 너 지금 뭐 하고 있니?"

당돌한 : 어려워하거나 꺼리는 마음이 없이 주제넘은 데가 있는.

란타오 아저씨가 웃으며 물었습니
다. 뤼셴은 귓불이 발갛게 달아오르는
것을 느끼면서 서둘러 변명했습니다.

"정말 크지요? 틀림없는 뱀머리귀뚜라미예요. 이
빨에는 독이 있는데, 푸쉰의 '붉은 머리 대왕'도
거뜬히 이길 수 있을 거예요."

"귀뚜라미를 가지고 노는 건 여간 재미있는 게
아니지. 아저씨도 어릴 때 귀뚜라미 싸움을 무척
좋아했단다. 그건 그렇고, 너는 아무래도 어린이
조에 끼는 게 낫지 않겠어?"

아저씨는 뒤쪽을 가리키며 이렇게 덧붙였습니다.

"이삭 줍는 일도 점수를 두둑이 쳐 주니까 말이
야."

"란타오 아저씨, 저는 이삭 줍는 건 싫어요. 저
는 벼를 벨 거예요."

이삭 : 농작물을 거둔 뒤에 땅에 처져 흩어진 곡식.

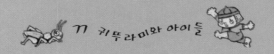

꺄 귀뚜라미와 아이들

뤼센은 놀라서 황급히 대꾸를 했습니다.

'앞으로 다시는 논에서 귀뚜라미 같은 거 잡지 않을게요. 약속드릴 수 있어요."

"그래. 일하면서 귀뚜라미를 잡지 않는 건 좋은데, 방금 네가 벤 벼를 검사해 봤어. 베기는 아주 빨리 벴지만, 어떤 부분은 건너뛰고 베지 않은 부분이 있더구나. 그러면 높은 점수를 받기가 어렵지."

란타오 아저씨가 웃으며 말했습니다.

"차근차근 다시 벨게요, 아저씨."

"다시 베는 것도 좋다만, 근데 오늘은 좀 그렇구나. 왜냐 하면 오늘은 시합이니까 말이야. 다음 벼베기 대회 때 더 잘하면 되지 않겠니?"

아저씨의 설득에 결국 뤼센은 논둑으로 올라가는 수밖에 없었습니다. 다행히도 퀘이와 다룽도 일찌감치 올라와 있었습니다.

"에이, 우리 셋이 전부 불합격 아냐? 창피하게……."

뤼센은 적잖이 안심이 되면서도 능청을 떨었습니다. 그러자 퀘이가 뤼센에게 눈을 찡긋해 보이며 슬쩍 일러 주었습니다.

"야, 모르는 소리 그만 해. 다룽이 낫에 복숭아뼈를 베었단 말이야."

"뭐? 어쩌다가?"

다룽은 복숭아뼈에 약풀 이파리를 붙여 놓았는데, 아직도 피가 이파리 아래로 흘러내리고 있었습니다.

"아이 참, 왜 다쳤어?"

뤼센이 묻자 다룽은 입술을 꼭 깨물고 손가락으로 핏방울을 닦아 냈습니다. 다룽은 논 쪽으로 눈

을 돌리면서 나직한 목소리로 말했습니다.

"낫을 잘못 써서 다쳤지, 뭐. 아마 낫을 잡는 자세가 나빴던 모양이야. 제대로 베어 보지도 못하고 이렇게 베었으니……."

다룽 녀석은 못내 아쉬운 듯 낫을 잡는 동작을 몇 번씩이나 했습니다. 이번 기회를 놓치는 게 퍽이나 안타까운 모양이었습니다.

이리하여 세 사람은 꼬마들과 함께 이삭을 줍는 수밖에 없었습니다. 제일 견디기 힘든 노릇은 페이페이가 바로 뤼셴의 앞에서 익숙하게 낫을 잡고 쓱쓱 벼를 벤 뒤, 볏단을 내려놓고는 뒤를 돌아보며 씩 웃는 것이었습니다.

뤼셴은 그 날 저녁밥을 먹자마자 푸쉰을 찾아 줄달음질쳤습니다.

"푸쉰아, 우리 귀뚜라미 싸움 시키러 가자."

푸쉰이 깔보는 표정으로 뤼셴에게 물었습니다.

"그래? 너 또 한 마리 잡았어?"

뤼셴은 귀뚜라미가 들어 있는 대나무통을 열어 푸쉰에게 보여 주면서 의기양양하게 말했습니다.

"내가 '수염 대장'이라고 이름을 붙여 줬어. 이건 진짜 뱀머리귀뚜라미라니까. 이빨에 무서운 독이 들어 있지."

뤼셴은 허풍을 섞어서 푸쉰에게 자랑했습니다.

"뱀 한 마리가 똬리를 틀고 있었는데, 그 곁에서 잡았어."

"그래? 그럼 한번 싸워 볼 만하겠는데……."

푸쉰이 흥분한 목소리로 말했습니다.

"그런데 내 '빨간 머리 대장'의 상태가 별로 좋지 않아. 열두 마리나 해치우느라고 좀 지쳤단 말이야."

"'빨간 머리 대장'이 내 뱀머리 귀뚜라미하고 붙으면 당장 끝장 날걸. 뱀머리귀뚜라미 이빨에는 독이 들어 있으니까."

뤼센이 거만하게 말했습니다.

사람들이 빙 둘러 모이자, 둘은 곧바로 마을 공터로 가서 귀뚜라미에게 싸움을 붙였습니다.

뤼센이 귀뚜라미가 좋아하는 풀로 '수염 대장'을 꾀어 내자, 그놈은 즉각 두 더듬이를 곧추세우고 '쉭쉭' 소리를 내며 싸울 준비를 했습니다.

　'수염 대장'이 '빨간 머리 대장' 앞으로 바짝 다가서자, 두 대장은 물어뜯으며 싸움에 들어갔습니다. 먼저 '빨간 머리 대장'이 송곳니로 '수염 대장'을 콱 물어뜯자, 이게 웬일입니까? 뤼센의 '수염 대장'은 단번에 픽 쓰러지더니 접시 테두리 쪽으로 끌려나오는 것이었습니다. 아이들의 얼굴에 실망하는 표정이 뚜렷했습니다.

　뤼센이 다시 '수염 대장'을 추슬러 접시 위에 올려놓고 보니, 그놈의 두 더듬이는 벌써 떨어져 나가 덜렁거리고 있었고, 다리 한 쪽마저 부러져 있었습니다. 뤼센은 다시 풀을 그놈의 머리에 대고 꾀어 보았지만, 놈은 머리를 돌려 뺑소니를 치는 것이었습니다.

　모두들 뤼센을 놀리면서 비웃었습니다.

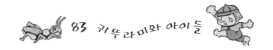

페이페이는 뤼셴에게 입까지 삐죽거리며 말했습니다.

"흥! 뭐, 어쩌고 어째? '수염 대장' 이 어떻다고? '발바닥 졸병' 이라는 게 더 낫겠다. 내 말이 틀렸어?"

솔직히 말해서 이번 치욕은 뤼셴의 평생을 두고 잊지 못할 것이었습니다.

뤼셴은 대추나무 아래 앉아서 맞은편 산봉우리를 멍하니 바라보았습니다. 날은 벌써 어두워졌고 시원한 바람이 불어 오고 있었습니다.

뤼셴은 집으로 돌아가는 것도 잊은 채 그 자리에 하염없이 앉아 있었습니다. 퀘이가 다가와서 뤼셴 곁에 앉더니 위로를 해 주었습니다.

"뤼셴, 너무 실망하지 마. 그놈은 진짜 뱀머리귀

뚜라미가 아닌 게 틀림없어. 아까울 것 하나도
없다니까."

왠지 모르게 퀘이의 위로가 뤼센을 더욱 화나게
만들었습니다.

"꼭 복수를 하고 말 테야. 오늘의 이 원한을 갚
지 않으면 내가 창피해서 살 수 없어. 관 뚜껑을
열어서라도 진짜 뱀머리귀뚜라미를 잡고 말 거
야. 푸쉰을 굴복시킬 때까지 나는 결코 포기하지
않을 거야."

퀘이가 뤼센을 타이르며 말했습니다.

"그래, 알았어. 그렇게 해. 내가 도와 줄게. 너
우리 집 뒤에 있는 묘지에 뱀머리귀뚜라미가 있
다는 거 알아? 나는 밤마다 거기서 귀뚜라미 울
음소리를 듣는단 말이야."

뤼센은 뛸 듯이 기뻐하며 말했습니다.

"그래? 진짜 뱀머리귀뚜라미는 아무 때나 울지
않는데. 그놈은 밤 10시에 두 번, 12시에 세
번, 새벽 2시에 네 번 운다고 해."
"그럼 우리 한밤중에 묘지로 뱀머
리귀뚜라미를 잡으러 갈래? 근데
우리 엄마가 아시면 혼나니까
절대로 비밀로 해야 돼. 엄마가
그러시는데 묘지에는 귀신이 있대."
뤼셴은 온몸이 오그라붙는 듯 소름이 돋았
습니다. 무섭고 몸이 오싹오싹했지만 그래도 포기
할 수는 없었습니다. 복수의 불길이 마음 속에서
활활 타오르고 있었기 때문입니다.

"나는 귀신 따위는 안 믿어. 너네 엄마한테는 살
짝 거짓말을 하면 되잖아? 해가 지면 우리 집에
놀러 간다고 말하고 몰래 빠져 나와."

"그럴까?"

뤼셴은 쇠뿔도 단김에 빼랬다고 퀘이를 마구 다그쳤습니다.

"퀘이 너, 사나이 대장부가 한 번 말을 꺼냈으면 실천에 옮겨야지. 안 그래? 오늘 밤 당장 잡으러 가자. 뱀머리귀뚜라미를 잡으면 우리 두 사람 소유로 하면 되잖아. 너랑 나랑 같이 말이야."

"오늘 밤에 당장 가자!"

퀘이는 단박에 그러자고 말했습니다. 이렇듯 시원스럽게 모험을 하기로 결정하는 것은 퀘이에게 있어서는 드문 일이었습니다.

날이 저물자 뤼셴의 형 칭린은 협동 농장 사무실에 회의하러 나갔습니다. 뤼셴은 형이 놓고 간 손전등을 들고 살금살금 퀘이네 집 앞으로 갔습니다. 10분 정도 지나자 퀘이가 살그머니 나왔습니다.

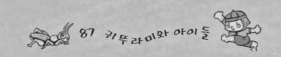

뤼셴과 퀘이는 묘지로 발걸음을 옮겼습니다.

뤼셴은 등골이 서늘하고 머리끝이 곤두서는 것을
느꼈습니다.

두 소년은 손을 꼭 잡고 걸었습니다. 두 소년의
손에는 식은땀이 잔뜩 배어 있었습니다. 둘이 묘지
에 다다랐을 때, 달은 구름에 완전히 가려져 있었
습니다. 뤼셴과 퀘이는 쪼그리고 앉아서 조용히 귀
뚜라미 울음소리가 들리기를 기다렸습니다.

　그런데 바람이 얼마나 세게 부는지 뤼센은 윗옷 단추를 다 채웠는데도 덜덜 떨렸습니다. 어디에선가 '쓱쓱 쓱쓱' 하는 소리가 들려 왔습니다.

　'무슨 소리지?'

　퀘이와 뤼센은 말없이 눈만 커다랗게 뜬 채 낡은 묘지를 뚫어져라 쳐다보고 있었습니다. 둘은 겁을 잔뜩 집어 먹은 것이 분명했습니다.

　"이상한데? 귀뚜라미라고는 한 마리도 얼씬거리지 않잖아? 날씨가 추워져서 다들 숨어 버렸나?"

　뤼센이 무서움을 잊으려고 짐짓 크게 말하자, 퀘이가 기다리고 있었다는 듯이 대답했습니다.

　"아마 오늘은 안 나오려나 봐. 이제 그만 가자. 기분이 좀 이상해."

　뤼센은 퀘이가 몹시 후회하고 있다는 것을 눈치 챘습니다. 사실 뤼센 역시 당장이라도 집으로 뛰어

가고 싶은 마음이 굴뚝 같았습니다. 깜깜한 묘지 앞에서 쪼그리고 앉아 있는 것은 정말 무섭고 떨리는 일이었습니다.

하지만 뤼센은 기운을 내기 위해 큰 소리로 고함치듯 말했습니다.

"만약에 진짜 귀신이 나온다면 내가 단번에 혼쭐을 낼 테야!"

뤼센의 말이 미처 끝나기도 전이었습니다.

왼쪽 풀숲에서 갑자기 '푸드득' 하는 소리와 함께 새 한 마리가 날아가는 것이 아니겠습니까!

"으악!"

두 소년은 너무 놀라서 거의 혼이 빠질 지경이었습니다. 온몸에서 식은땀이 흘러내렸습니다. 퀘이가 뤼센의 손을 잡아당기며 떨리는 목소리로 말했습니다.

"그만 집에 가자. 무서워 죽겠다."

"쉿, 소리내지 마!"

뤼센이 긴장한 목소리로 속삭였습니다. 억새풀이 바람결에 쉭쉭 소리를 내는 것이 마치 사람의 발소리 같았습니다. 뤼센의 심장도 쿵쿵 뛰기 시작했습니다.

그 때 퀘이가 이빨을 덜덜 떨더니 갑자기 죽어라 집을 향해 달리기 시작했습니다. 퀘이의 걸음이 얼마나 빨랐던지 어떤 괴물이라도 그 속도를 따라잡을 수 없을 것 같다는 생각이 들었습니다.

잠시 후 그 억새풀 소리가 사라졌습니다.

'나도 도망칠까?'

뤼센이 이런 갈등을 하고 있는 찰나, 뒤에서 사람 발자국 소리가 들려 왔습니다. 숨이 멎을 것 같은 두려움 속에서도 어디서 그런 용기가 솟았는지

갈등 : 마음 속에 두 가지 이상의 욕구가 일어나
　　　 갈피를 못 잡고 괴로워하는 상태.

91 귀뚜라미와 아이들

뤼센은 손전등을 켜서 그 쪽을 비추었습니다. 누군가 이 쪽으로 다가오더니 뤼센의 어깨를 툭 치면서 귀에 익은 목소리로 말했습니다.

"뤼센, 너 지금 여기서 뭐 하는 거야?"

"누… 누구야?"

사람이라는 것을 알자 뤼센은 마음이 놓였습니다. 뤼센은 맥이 빠져 땅바닥에 털썩 주저앉아 버렸습니다.

"야, 이 녀석아! 네놈이 퀘이가 놀라 도망치게 만든 장본인이냐?"

한밤중에 묘지에 나타난 사람은 친구 다룽이었습니다.

"너를 여기서 만날 줄은 꿈에도 몰랐어."

다룽이 싱긋 웃으며 말했습니다.

그러자 뤼센이 물었습니다.

"너도 여기서 뱀머리귀뚜라미를 잡고 있었니?"

다룽은 웃기지 말라는 듯 손을 내저으며 말했습니다.

"야, 그깟 귀뚜라미가 뭐가 대단하다고 이 밤에 여기까지 오니? 나는 귀뚜라미 같은 건 아무 흥미도 없어."

다룽은 억새풀을 베러 온 것이었습니다. 마을에서는 볏짚이 모자라서 억새풀을 볕에 말려 땔감으로 이용했기 때문이었습니다.

그러나 그것만이 이유는 아니었습니다. 그 곳의 억새풀은 대단히 커서 마치 벼와 흡사했습니다. 다룽은 벌써 억새풀 밭을 한 떼기나 베어 놓아서 벤 자리에는 한 포기의 억새풀도 남아 있지 않았습니다. 다룽이 베어 놓은 억새풀은 논에 볏단을 가지런히 쌓아 둔 것처럼 정돈이 잘 되어 있었습니다.

"혼자 벼베기 연습을 하고 있었구나!"

뤼센은 다룽을 다그쳤습니다.

"맞지? 너 여기서 벼베기 연습을 하고 있었지?"

"그래."

다룽은 약간 쑥스러운 듯 머리를
긁적이며 말했습니다.

"연습을 안 하고야 무슨 재주로
남들보다 잘 벨 수 있겠니?"

"그런데 왜 하필 한밤중에 와서 연습을 하지?"

"낮엔 정신 없이 바쁘거든. 이삭도 주워야 하고,
엄마 일을 도와서 물도 길어야 되고…. 해야 할
일이 한두 가지가 아니야. 도무지 짬이 안 나."

착한 소년인 다룽이 대답했습니다.

"이건 내 벼베기 연습법이라고. 만일 남들이 알
면 재미없잖아."

다룽은 뤼셴에게 여기서의 일을 다른 사람들에게 알리지 말라고 부탁했습니다. 뤼셴은 퀘이를 제외한 다른 어떤 사람에게도 알리지 않겠다고 약속했습니다. 뤼셴과 다룽은 베어 놓은 억새풀을 묶어 놓고 곧장 집으로 돌아왔습니다.

얼마 뒤 협동 농장에서는 또 벼를 베기 시작했습니다. 아이들은 또 낫을 들고 란타오 아저씨의 감독을 받아 가면서 '시험'을 치렀지만, 뤼셴은 '불합격'이었습니다. 이번에는 논에서 귀뚜라미도 잡지 않았고, 발 밑의 미꾸라지조차 거들떠보지 않고 오로지 벼베기에만 열중했는데 또 미역국을 먹고 말았습니다.

란타오 아저씨는 뤼셴이 여전히 솜씨가 늘지 않고 서투르다고 투덜거리면서, 그렇게 베다가는 수확량의 85퍼센트도 채 거두지 못하겠다고 말했습

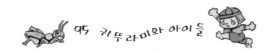

니다.

그러나 다룽에게만은 칭찬을 아끼지 않았습니다. 90점을 주어도 아깝지 않다고 했습니다.

"초등 학교 졸업생이라는 소리를 들으려면 적어도 이 정도 실력은 되어야지."

그 말은 꼭 뤼센에게 가짜 초등 학교 졸업생이라고 하는 것 같아서, 뤼센은 귀가 간지러웠습니다.

퀘이는 그 날 밤 집으로 도망간 이후로 사흘이나 내리 앓아 누웠습니다. 뤼센이 퀘이에게 한밤중에 벼베기 연습을 하던 다룽에 대해 이야기를 해 주었지만 퀘이는 믿으려 들지 않았습니다. 그 뒤로 퀘이 녀석은 다시는 벼베기하는 데 끼지 않았습니다.

얼마 안 가서 다룽은 협동 농장의 정식 농장원이 되었습니다. 날마다 저녁이면 다른 사람들과 함께 그 날의 작업을 평가하고, 토론회가 열리면 의견을

발표하기도 했습니다.

그러나 뤼센은 여전히 그냥 빈둥거리면서 지냈습니다. 어떤 때는 농장원들 틈에 끼여 벼를 베거나 때로는 수차로 물을 퍼 올리는 작업을 돕기도 했습니다. 작업 평가에는 겨우 12급을 받는 정도였습니다. 뤼센은 아침 저녁으로 귀뚜라미를 잡으러 쏘다니는 것이 일과였습니다.

하루는 저녁 무렵, 언제나처럼 모두들 모여서 공터 느티나무 앞에서 놀고 있을 때였습니다.

다룽이 막 냇가에서 발을 씻고 돌아오다가 주머니에서 성냥갑을 꺼내더니 웃으며 말했습니다.

"나도 귀뚜라미를 한 마리 잡았는데, 우리 싸움 한번 붙여 볼까?"

"에고고, 다룽! 네가 귀뚜라미를 다 잡았다고? 장님 문고리 잡은 셈이구나?"

수차 : 물을 자아올리는 기계. 무자위.

97 귀뚜라미와 아이들

뤼센이 빈정거리며 말했습니다.

"무슨 귀뚜라미인데? 지네귀뚜라미? 아니면 달팽이귀뚜라미? 그것도 아니면 뱀머리귀뚜라미일 거야. 지네귀뚜라미는 몸뚱이가 빨간 게 무척 사납지. 그런데 달팽이귀뚜라미만큼은 무서워한단 말이야. 지네는 달팽이를 무서워하거든……."

퀘이가 이렇게 말하는 것을 뤼센이 도중에 끊으며 말했습니다.

"그만둬! 귀뚜라미라고는 처음 잡아 보는 애한테 그런 게 무슨 소용이 있니? 혹시 귀뚜라미가 아니고 진드기일지도 모르지."

뤼센의 말이 끝나기가 무섭게 다룽은 성냥갑을 열어 아이들에게 귀뚜라미를 보여 주었습니다.

"아!"

뤼센은 속으로 질투심이 끓어올랐습니다.

　그건 정말로 놀라우리만큼 커다란 귀뚜라미인데다가, 머리통이 새까만 게 만만치 않아 보였기 때문이었습니다.

　뤼센은 그 자리에서 쏜살같이 푸쉰네 집으로 달려갔습니다.

　"푸쉰! 네 빨간 머리 대장과 다룽의 귀뚜라미를 싸움시키자!"

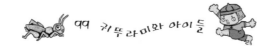
99 귀뚜라미와 아이들

"좋아! 심심하던 차에 잘 됐구나."

푸쉰은 순순히 빨간 머리 대장
귀뚜라미를 가지고 나왔습니다.

구경꾼이 아주 많이 모였습니다. 이런 치열한 싸움은 일찍이 본 적이 없었습니다. 모두들 박수를 치는 것도 잊고 멍하니 서 있었습니다. 물고 물어뜯는 무서운 싸움 끝에 결과는 다룽의 승리였습니다. 그래서 다룽의 귀뚜라미는 마침내 '검은 운수 대통' 이라는 이름을 얻게 되었습니다.

이후로 뤼셴의 귀뚜라미 싸움에 대한 흥미는 더욱 높아졌습니다. 그렇지만 어느 귀뚜라미도 다룽의 귀뚜라미를 물리칠 수는 없었습니다.

그러던 어느 날, 뤼셴도 마침내 묘지에서 귀뚜라미 한 마리를 잡게 되었습니다. 그놈은 정말 예사 귀뚜라미가 아니었습니다. 등에 붉은 점이 박혀 있

어서 뤼셴은 그놈에게 큰 기대를 걸었습니다.

뤼셴은 부리나케 다룽에게 달려갔습니다.

"다룽은 어서 나와 나의 도전을 받아라!"

"무슨 말이니? 검은 운수 대통은 내가 벌써 놓아

준 지 오래인데……."

다룽의 대답을 듣자 뤼셴은 기운이 쭉 빠졌습니

다.

'어떻게 잡은 귀뚜라미인데…. 한 번 싸워 보지

도 못하고…….'

뤼셴은 너무나 섭섭해서 눈물이 다 나올 지경이

었습니다.

"거짓말 마! 괜히 겁이 나니까 하는 소리지?"

"정말이야. 진짜 놓아 주었다니까. 요즘은 쟁기

질이 훨씬 재미있더라. 벼 베는 것보다 얼마나

재미있는데……."

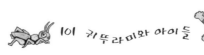

"정말로 놓아 준 거야?"

뤼셴은 실망한 나머지 주르륵 눈물을 흘리고 말 았습니다.

잠시 동안 침묵이 흐르고 나서 뤼셴은 귀뚜라미 를 풀숲에 놓아 주었습니다. 싸울 상대가 없으니 가지고 있어 봤자 소용이 없었습니다.

그 날 저녁 란타오 아저씨가 뤼셴을 협동 농장 사무실로 불렀습니다.

"너 수학을 아주 잘한다지? 내가 내는 문제를 한 번 풀어 보겠니?"

"네, 자신 있어요!"

아저씨는 몇 가지 덧셈과 뺄셈, 그리고 나눗셈과 곱셈을 연거푸 시켰습니다.

"너 참 총명하구나. 계속 이 분야에서 일하면 괜 찮겠는데!"

분야 : 여러 갈래로 나누어진 범위나 부분.

란타오 아저씨는 뤼센에게 얼마 전에 협동 농장
에서 스무 가구의 새로운 농장원 가족을 받아들여
서 회계원을 늘이지 않으면 안 된다는 말을 하였습
니다.

"좋아. 넌 내일부터 회계 보조원으로 일하도록
하거라."

이튿날 아침 일찍 뤼센은 협동 농장 사무실로 나
가 일을 시작했습니다.

그 후로 뤼센은 다시는 귀뚜라미를 잡지 않았습
니다. 왜냐 하면 일도 무척 바빴을뿐더러 다룽이
그 '검은 운수 대통'을 놓아 준 뒤부터는 웬일인지
귀뚜라미 잡는 일이 시시해졌기 때문이었습니다.

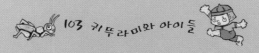
103 귀뚜라미와 아이들

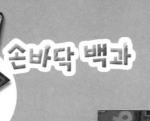

자전거의 천국, 중국

중국인들은 검소한 국민답게 기름이 들지 않는 자전거를 주요 교통 수단으로 삼아 집집마다 자전거를 가지고 있습니다. 그래서 출퇴근 시간이면 자전거가 도로를 가득 메웁니다. 중국에는 자전거 전용 도로가 잘 발달되어 있습니다. 또한 자전거 교통법이 제정되어 있고, 자전거에는 번호판까지 단답니다.

자전거는 중국인의 생활 필수품이라고 해도 좋을 정도입니다. 이렇다 보니 자전거 도둑도 많답니다. 특히 변속 기어가 달린 고급 자전거를 많이 노린답니다. 자물쇠를 2중 3중으로 채워 놔도, 경보기를 달아도 어느 새 훔쳐 가 버린대요. 그래서 아파트에 사는 사람들은 아무리 높은 층에 살아도 자전거를 자기 집까지 들고 가서 보관한대요.

혼쭐난 호랑이

어느 곳에 의지할 데 없는 외로운 할머니가 살고 있었습니다.

하루는 청소를 하다가 방에서 동전 하나를 주웠습니다. 할머니는 절로 입이 벙긋 벌어졌습니다.

"아유, 좋아라. 이 돈은 쓰지 말고 잘 넣어 둬야지."

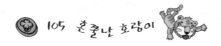

할머니는 동전을 쌀독에 깊이 감추어 두었습니다. 다음 날 아침, 할머니는 밥을 지으려고 쌀독을 열었습니다.

'에고, 쌀이 겨우 한 주먹밖에 안 남았네!'

할머니는 한 주먹밖에 남지 않은 쌀을 박박 긁어 밥을 지었습니다.

그런데 이게 웬일입니까? 쌀이 없는 줄 알면서도 할머니가 저녁에 쌀독을 열어 보니, 아침에 박박 긁어 낸 쌀독에 다시 그만큼의 쌀이 들어 있지 않겠어요.

'와, 요술 동전이로구나! 하늘이 나를 불쌍히 여기신 게 틀림없어.'

할머니는 너무나 기쁜 나머지 마을 사람들에게 마구 동전 자랑을 하였습니다.

그런데 산 속에 살던 호랑이가 그 말을 전해 듣게 되었습니다.

'흠, 요술 동전만 있으면 고생해서 사냥할 필요도 없잖아? 당장 가서 내가 그 할멈한테 요술 동전을 빼앗아 와야지!'

호랑이는 그 길로 할머니를 찾아와서 무섭게 으르렁거리며 호통을 쳤습니다.

호통 : 큰 소리를 지르거나 꾸짖음. 또는 그 소리.

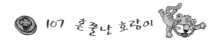

"당장 동전을 내놔, 할멈! 내놓지 않으면 할멈을 잡아먹을 테다. 얼른 동전을 내놔, 얼른!"

"안… 돼!"

"어흥, 좋아! 오늘 밤에 다시 내려와 할멈을 잡아먹고 말 테다!"

호랑이가 돌아가자, 할머니는 겁에 질려 울기 시작했습니다.

"난 도와 줄 사람도 아무도 없는데…, 난 이 세상에 혼자뿐인데…. 저 호랑이를 어떻게 막지?"

얼마쯤 울다가 할머니는 울음을 그치고 낫을 찾았습니다. 그리고 꼼꼼이 낫을 숫돌에 갈기 시작했습니다.

'쓱싹 쓱싹.'

그 때 그릇에 담겨 있던 작은 완두콩들이 그 소

리를 듣고 물었습니다.

"할머니, 왜 낫을 가세요?"

"요술 동전을 주지 않는다고 호랑이가 오늘 밤에 나를 잡아먹겠다는구나. 그래서 내가 숫돌에 낫을 간단다."

그러자 완두콩들이 말했습니다.

"힘내세요, 할머니. 저희가 도와 드릴게요!"

"에계계, 쪼끄만 완두콩들아, 너희들이 어떻게 나를 돕겠니?"

"걱정 마세요. 저희가 문 앞에 가서 누워 있을게요!"

작은 완두콩들은 깡충깡충 뛰어가 문 앞에 누웠습니다.

할머니는 다시 낫을 갈았습니다.

'쓱싹 쓱싹.'

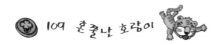

이번에는 바구니에 담겨 있던 달걀이 그 소리를
듣고 물었습니다.

"왜 낫을 가세요, 할머니?"

"달걀아, 요술 동전을 주지 않는다고 호랑이가
오늘 밤에 나를 잡아먹겠다는구나. 그래서 내가
숫돌에 낫을 간단다."

할머니가 풀이 죽어 달걀에게 대답했습니다.

"할머니, 힘내세요! 제가 할머니를 도와 드릴게
요!"

달걀이 할머니에게 말했습니다.

"네가 나를 어떻게 돕겠니?"

"두고 보세요. 제가 아궁이에 숨어 있을게요."

달걀은 바구니에서 또르르 굴러 나와 아궁이 속
에 숨었습니다.

할머니는 또다시 낫을 갈았습니다.

'쓱싹 쓱싹.'

벽 속의 구멍에 숨어 있던 게가 고개를 쑥 내밀고 물었습니다.

"할머니, 왜 낫을 가시나요?"

"게야, 요술 동전을 주지 않는다고 호랑이가 오늘 밤에 나를 잡아먹겠다는구나. 그래서 내가 숫돌에 낫을 간단다."

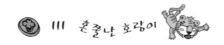

할머니가 힘없는 목소리로 게에게 대답했습니다.

"할머니, 저도 도와 드릴게요! 저는 물주전자 속에 숨어 있을게요."

게가 구멍 속에서 나와 물주전자 속으로 기어들어갔습니다.

할머니는 계속 숫돌에다 낫을 갈았습니다.

'쓱싹 쓱싹.'

그러자 집 앞에 있는 대들보가 큰 소리로 물었습니다.

"할머니, 왜 그렇게 힘들게 낫을 가시나요?"

"대들보야, 요술 동전을 주지 않는다고 호랑이가 오늘 밤에 나를 잡아먹겠다는구나. 그래서 내가 숫돌에 낫을 간단다."

할머니가 아픈 팔을 주무르며 대들보에게 말했습니다.

"할머니, 저도 도와 드릴게요!"

"네가 나를 어떻게 돕겠니?"

"두고 보시면 알아요. 저는 침대 끝에 기대어 서 있겠어요."

대들보가 침대 옆으로 다가가서 섰습니다. 할머니가 다시 낫을 갈았습니다.

'쓱싹 쓱싹.'

"개굴개굴, 할머니 왜 낫을 가시나요?"

개구리가 연못 안에서 물었습니다.

"개구리야, 요술 동전을 주지 않는다고 호랑이가 오늘 밤에 나를 잡아먹겠다는구나. 그래서 내가 숫돌에 낫을 간단다."

할머니가 한숨을 쉬며 대답했습니다.

"할머니, 걱정 마세요. 제가 할머니를 도와 드릴게요!"

"나를 어떻게 도울 수 있겠니?"

"나중에 보시면 알아요. 저는 침대 머리맡에 앉아 있을게요."

개구리는 연못에서 펄쩍 뛰어나와 침대 머리맡에 앉았습니다.

밤이 되어 사방이 캄캄해졌습니다. 할머니는 낫을 들고 침대로 갔습니다.

마침내 호랑이가 나타났습니다. 호랑이가 문지방을 넘자, 그 순간 완두콩이 이리저리 굴러다녔습니다.

"아이쿠, 미끄러워!"

'콰당' 하고 호랑이가 넘어졌습니다.

"어두워서 뭐가 보여야지. 일단 나뭇가지에 불을 붙여 횃불을 만들어야겠다."

호랑이는 부엌의 아궁이 속에 머리를 들이밀고

불씨가 일어나라고 후후 불었습니다.

그러자 아궁이에 숨어 있던 달걀이 툭 터지면서 호랑이 얼굴로 튀었습니다. 그 바람에 아궁이 속에 있던 재가 호랑이 얼굴을 덮쳤습니다.

"엥, 이건 또 뭐야?"

호랑이는 아무것도 보이지 않아 눈부터 씻으려고 물주전자를 찾았습니다. 그 때 주전자 속에 숨어 있던 게가 팔짝 뛰어나와 호랑이 앞발을 꼭 깨물었습니다.

"아이고, 이놈의 할망구! 가만 두지 않겠다!"

호랑이는 씩씩거리며 할머니를 찾아 침대로 다가갔습니다. 그 때 침대 위에 기대어 서 있던 대들보가 우당탕 떨어져 내렸습니다.

"으악! 내 머리!"

호랑이는 너무나 아파서 눈앞에 별이 오락가락했습니다.

바로 그 때 침대 머리맡에 있던 개구리가 기를 쓰고 울어대기 시작했습니다.

"대들보야, 때려라! 마구 때려!"

호랑이는 완전히 혼쭐이 나서 정신이 없었습니다.

"아이고, 일단 도망치고 보자!"

호랑이는 도망칠 구멍을 찾았습니다. 할머니는 침대에서 낫을 들고 기다리고 있다가 호랑이에게 덤벼들었습니다. 호랑이는 안전한 곳으로 피하려고 펄쩍 뛰었습니다. 그러나 작은 완두콩들이 방바닥에서 데굴데굴 구르자, 호랑이는 미끄러져 문 위 추녀 끝에 부딪쳤습니다.

"아이고, 호랑이 살려!"

호랑이는 꽁지가 빠져라 도망쳤습니다.

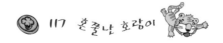

"후유, 인제 살았다!"

할머니는 비로소 안도의 한숨을 내쉬었습니다.

이윽고 완두콩과 대들보, 게, 개구리는 저마다 제 자리로 다시 돌아갔습니다.

'달걀은 어디 있지?'

할머니는 달걀이 보이지 않자 찾아보았습니다.

"아이고, 아궁이 속에서 몸이 터져 버렸구나! 고마운 것!"

할머니는 달걀을 생각하며 오래오래 눈물을 흘렸습니다.

좋은 날이 온다더니

　부잣집에서 머슴살이를 하는 사람이 있었습니다.
　그 머슴은 만나는 사람마다 붙들고 자기의 고달픈 신세를 하소연하였습니다. 그렇게라도 하지 않으면 가슴이 터질 것만 같아서 참을 수가 없었기 때문입니다.
　그러던 어느 날, 머슴은 운이 좋아서 아주 지혜로운 사람을 만나게 되었습니다.

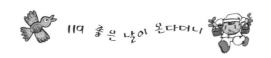

"선생님, 제 이야기 좀 들어 보세요."

그는 자기의 애달픈 사정을 이야기하기도 전에 슬픔에 젖어 두 줄기 눈물을 흘렸습니다.

"이 세상에 저보다 불쌍한 사람이 있을까요? 차라리 죽어 버리는 편이 백번 나을지도 모릅니다. 저는 소나 말보다도 못한 생활을 해 왔답니다."

"호, 정말 가엾은 처지로군."

지혜로운 사람이 동정하며 말했습니다.

"가엾은 처지이고말고요. 딱하기 짝이 없답니다. 제 주인이 얼마나 지독한 주인인지 모르지요? 얼마나 매정한지 모르지요? 밤낮으로 죽어라 일을 시키면서 조금도 쉴 틈을 주지 않아요. 저는 해가 뜨기도 전부터 물을 긷고 나무를 패야 한답니다. 낮에는 장에 가고, 밭을 매고, 밤에는 밥 짓고, 맷돌질까지 한다니까요. 맑은 날은 빨래, 비오는 날은 산만큼 새끼를
꼬아야 하지요. 겨울에는
땔감을 만들어야 하고, 여
름에는 주인의 얼굴에 부채
질……. 한밤중에는 버섯에
물을 주고 나서 주인의 놀
음 심부름을 해 주지만, 잔
돈 한 푼 나누어 주지 않아
요. 오히려 화풀이로 채찍질만 해대지요.”

“아!”

지혜로운 사람은 탄식했습니다. 너무나 힘겨운
머슴의 처지에 눈시울까지 약간 붉어졌습니다.

“언제까지 이런 지옥 같은 생활을 할 수는 없어
요. 달리 살 길을 찾아야 하지 않겠어요? 하지만
아무 재주도 없는 제게 무슨 수가 있어야지요.”

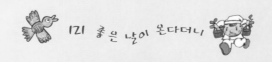

121 좋은 날이 온다더니

머슴이 훌쩍훌쩍 울며 말했습니다.

"조금만 더 견뎌 보시오. 당신에게 좋은 날이 꼭 올 것이오."

머슴은 그 말에 눈이 번쩍 떠졌습니다.

"그럴까요? 정말 그렇게 될까요?"

머슴은 한숨을 한 번 길게 내쉬더니, 이렇게 말하는 것이었습니다.

"아무튼 선생께 제 속마음을 다 털어놓고, 또 선생의 위로를 받고 나니 마음이 한결 가벼워졌어요. 그러고 보면 하늘의 도리가 있긴 있나 봅니다."

그러나 머슴의 불평이 멈춘 것은 잠깐뿐이었습니다. 며칠이 안 되어 머슴은 다른 사람을 찾아가서 또 불평을 늘어놓았습니다.

"저는 어쩌면 좋을까요? 저 같은 불행한 사람이 계속 살아야 할까요? 이렇게 하루하루 산다는 것이 괴롭습니다. 제가 사는 곳은 정말 돼지 우리만도 못하답니다. 주인은 저를 사람으로 여기지도 않고 구박만 하지요. 자기가 예뻐하는 개한테는 저보다 몇 배나 더 잘해 주면서요.”

“이 바보 멍청아! 입 닥치지 못해!”

머슴의 이야기를 듣고 있던 사람이 소리를 꽥 질렀습니다. 머슴은 기겁을 하고 놀랐습니다. 머슴이 이번에 만난 사람은 사실 덜 떨어진 바보였습니다.

“제 처지를 좀더 들어 보시면 이해가 가실 겁니다. 낡은 움집은 습기가 차고 음침합니다. 빈대와 벼룩이 우글거려 한잠도 잘 수 없고요. 더러운 냄새가 코를 찌르지만 창문 하나 없답니다.”

그 말에 바보가 버럭 소리를 질렀습니다.

음침 : 흐리고 컴컴함.

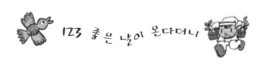 123 좋은 날이 온다더니

"왜 주인한테 창문 하나 내 달라고 말하지 않는
거야?"

머슴은 벌벌 떠는 시늉을 해 보이며 말했습니다.

"감히 주인한테 어떻게 그런 말을……?"

"그래? 그럼 당장 나랑 가자."

머슴을 따라 집 앞에 온 바보는 무조건 벽을 파
기 시작했습니다.

"아니, 왜 이러세요? 왜 벽을 무너뜨리려고 하세
요?"

놀란 머슴이 바보를 말렸습니다.

"당신을 위해 커다란 창을 하나 내 주겠어."

"아, 안 됩니다! 주인이 알면 야단납니다."

"알 게 뭐야? 알 게 뭐냐고!"

바보는 계속해서 벽을 팠습니다.

"강도요! 강도가 우리 집을 허물어요! 빨리요! 조금만 늦으면 벽에 구멍이 나요!"

머슴은 울고불고 소리치면서 땅바닥에 뒹굴었습니다. 그 소리를 듣고 한 무리의 머슴들이 달려와 바보를 쫓아 버렸습니다.

주인도 고함 소리를 듣고 밖으로 나왔습니다.

"웬 소란이냐?"

머슴은 자신 있게 말했습니다.

"네, 강도가 우리 집을 허물기에, 제가 고함을 질러 동료들과 함께 쫓아 버렸습니다."

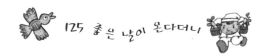

"잘했다."

주인은 그를 칭찬하며 상을 내려 주었습니다.

머슴은 지혜로운 사람에게 달려갔습니다.

"선생의 말이 맞았습니다. 이번에 주인이 저를
칭찬하셨거든요. 저에게 꼭 좋은 날이 올 거라고
하셨잖아요?"

머슴은 앞날에 큰 희망이라도 생긴 것처럼 좋아
하며 말했습니다.

"그렇고말고요!"

지혜로운 사람도 함께 기뻐하며 머슴에게 말했습
니다.

우리 형아 최고!

'쓰르륵! 쓰르륵!'

류칭이 마루에서 밥을 먹고 있는데, 갑자기 어디선가 듣기 좋은 여치 울음소리가 들려 왔습니다.

"야, 여치다!"

류칭은 밥을 먹다 말고 마루에서 뛰어내렸습니다.

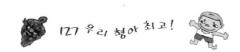

아버지가 말했습니다.

"어허, 먹던 밥은 다 먹고 나가 놀아야지."

어머니도 옆에서 거들었습니다.

"나가 놀 때는 윗옷을 입어야지. 내년에 학교에 가는 애가 벌거벗고 다녀서야 되겠니?"

그러나 여치에 정신이 팔린 류칭의 귀에는 아무 말도 들리지 않았습니다. 류칭은 작은 새끼 양처럼 귀를 쫑긋 세우고 마당으로 나갔습니다.

'여치야, 어디서 우니?'

류칭은 이리 기웃 저리 기웃 하면서 사방을 살펴보았지만 여치는 보이지 않았습니다. 류칭은 여치의 소리를 따라 대문 밖으로 나갔습니다.

바로 거기에 여치가 쓰르륵, 쓰르륵 울고 있지 않겠습니까?

바로 맞은편 웨이한네 집이었습니다. 웨이한네

집 처마 밑에는 작은 회나무가 한 그루 서 있는데,
바로 그 나무에 걸린 여치집 속에서 여치 한 마리
가 아름다운 목소리를 자랑하듯 쓰르륵, 쓰르륵 크
게 울고 있었습니다.

류칭은 그 여치집을 너무나 만져 보고 싶었습니
다. 그런데 처마 밑에 앉아 있던 웨이한이 으스대
면서 이렇게 으름장을 놓았습니다.

"손 대지 마! 내 거니까 절대로 만져선 안 돼!"

류칭은 내밀었던 손을 다시 움츠렸습니다. 그러
나 곧 함박웃음을 지으며 웨이한에게 말을 걸었습
니다.

"야, 되게 크다. 같이 놀면 안 돼?"

"안 돼! 절대로 그렇게는 안 돼!"

웨이한의 대답은 차갑기만 했습니다.

류칭은 조바심이 나서 웨이한에게 매달렸습니다.

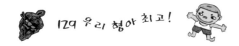

"한 번만 가지고 놀게. 응? 한 번도 안 돼?"

"안 돼!"

"그럼 반 번은? 반 번도 안 돼?"

"반의 반의 반 번도 안 돼!"

정말 너무했습니다.

"왜 그런지 알아? 다 너네 형 때문이야. 너네 형이 농장의 생산 반장님한테 일렀단 말이야. 우리가 콩밭을 망쳐 놨다고 일러바치는 통에 여치를 한 마리밖에 못 잡은 거라고. 알았어?"

류칭은 형을 욕하는 게 듣기 싫어 뭐라고 한 마디 대꾸를 하려다가 입을 다물고 말았습니다. 웨이한의 비위를 맞춰야 여치를 가지고 놀 수 있기 때문입니다. 류칭은 여치집 곁을 맴돌면서 여치를 들여다보고, 웨이한이 눈치채지 못하게 딴전을 부리며 여치집 안으로 살짝 손가락을 넣어 보았습니다.

‘나도 이런 큰 여치가 한 마리 있었으면…….’

정말 너무나 갖고 싶었습니다.

작년에는 류칭에게도 이런 여치가 한 마리 있었습니다. 아버지가 콩밭에서 잡아다 준 것이었는데, 정말 대단한 놈이었습니다. 통통한데다가 기다란 다리, 또 이빨은 큰 집게 같았고, 날개는 무지갯빛에다가 수염은 또 얼마나 의젓했는지요! 목소리도 유난히 커서 ‘쓰르륵 쓰르륵’ 울 때면 귀가 울릴 정도였습니다. 류칭은 너무 좋아서 입을 연방 벙싯거렸지요.

그런데 슬프게도 겨울이 되면서 여치는 죽고 말았습니다. 여치가 죽자 류칭은 얼마나 슬펐는지 모릅니다.

그 뒤로는 여치를 가져 본 적이 없었습니다.

작년의 그 여치 생각에 류칭은 저도 모르게 웨이

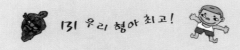

우리 형아 최고!

한의 여치집을 어루만졌습니다.

　웨이한이 화를 내며 왈칵 류칭을 떠밀었습니다.

　"저리 가! 어림없어. 그렇게 여치가 탐나면 가서

잡으면 되잖아?"

　갑자기 밀치는 바람에 류칭은 그만 엉덩방아를

찧었습니다.

바로 그 때 담장 저편에서 류밍의 목소리가 들려왔습니다.

"싸우지 마! 이웃끼리 사이좋게 지내야지. 그래야 착한 어린이들이지."

류밍은 류칭의 형이었습니다. 류밍은 초등 학교 5학년인데 작년에는 반에서 모범 어린이상을 받은 착한 소년이었습니다. 류밍은 나이는 어렸지만 생각이 반듯해서 어른들의 칭찬을 많이 받았습니다.

류밍은 동생을 부축해 일으켜세우고 몸에 묻은 흙을 털어 주었습니다.

"다친 데는 없니? 왜 싸웠어?"

류칭이 울먹이는 소리로 형에게 말했습니다.

"형, 내가 저 여치 구경 좀 하려고 했더니 웨이한이 떠밀었어."

웨이한도 지지 않고 맞받았습니다.

"네가 내 여치집을 자꾸만 만지려고 해서 그런 거야!"

류밍이 웨이한에게 타이르며 말했습니다.

"웨이한, 너는 류칭보다 크잖아. 류칭은 이렇게 작은데 밀쳐서 다치기라도 하면 어쩌려고 그래?"

"내가 알 게 뭐야! 형은 왜 농장의 생산 반장님한테 나를 일러바쳤어?"

"응, 그건 콩밭을 망가뜨리니까 그랬지."

"흥, 간부도 아니면서 왜 만날 간섭이야? 형한테 무슨 권리가 있어?"

"협동 농장의 회원이면 누구에게나 그럴 권리가 있는 거야."

웨이한이 그 말에 발끈해서 톡 쏘아붙였습니다.

"쳇! 나한테도 여치를 잡을 권리쯤은 있다고!"

웨이한이 지지 않고 대들자 류밍도 화가 났습니다.

"뭐라고? 다시 한 번만 콩밭에 가 봐. 내가 용서하지 않을 거야."

류밍은 류칭의 손을 잡고 집으로 향했습니다.

집에 돌아오자마자 류칭은 아버지에게 여치를 잡아 달라고 떼를 쓰기 시작했습니다. 아버지는 류칭은 거들떠보지도 않은 채 대꾸했습니다.

"지금 벼를 베러 가야 해. 너랑 놀아 줄 시간이 없구나, 류칭!"

"아버지, 낫이 무디어졌네요. 제가 갈아 드릴게요. 그래야 벼가 잘 베어지죠."

류밍이 날쌔게 아버지의 낫을 갈기 시작했습니다.

아무도 상대해 주지 않자 류칭은 어머니에게 졸랐습니다.

"나도 타작하러 가야 된단다. 여치를 잡으러 다닐 짬이 없어."

135 우리 형아 최고!

류밍이 어머니의 도리깨를 가져가면서 말했습니다.

"어머니, 도리깨가 망가져서 못 쓰게 됐네요. 제가 다시 묶어 드릴게요."

아버지와 어머니는 류밍을 보며 빙긋이 웃었습니다. 류칭은 속이 타서 두 팔로 대문을 막아서며 아버지와 어머니가 나가지 못하게 했습니다.

그러자 형이 또 얄밉게 끼여들었습니다.

"우리 류칭은 착하기도 하지! 말도 잘 듣고. 어서 비켜, 류칭."

"싫어! 여치를 잡아 준다고 약속해야 비킬 거야."

"형이 아주 커다란 놈으로 잡아 줄게. 형은 약속을 지킨다는 거 알지?"

류칭은 고개를 흔들며 도리질을
했습니다.

"여치집은?"

"알았어. 여치집도 아주 멋지게 만들어 주지."

류칭은 그제서야 대문을 막고 있던 두 팔을 내렸
습니다.

오늘은 일요일입니다. 류밍은 아버지와 곡식을 거두러 가고 싶기도 하고, 어머니와 타작하러 가고 싶기도 했지만 오늘은 그럴 수가 없었습니다. 류칭에게 여치를 잡아 주겠노라고 굳게 약속을 했기 때문입니다.

류밍은 동생인 류칭을 너무나 사랑했습니다. 그래서 커다랗고 튼튼한 여치를 잡아다가 여치집에 넣어 동생을 기쁘게 해 줄 작정이었습니다.

"형, 어서 가, 응? 여치가 다 날아가 버리면 어떡해?"

돼지에게 밥을 주고 배추밭에 넉넉히 물을 준 뒤 류밍은 류칭을 데리고 집을 나섰습니다. 형제는 대문을 나와 마을 북쪽으로 발걸음을 옮겼습니다.

류칭과 류밍이 동구 밖을 막 지나치려는데 저 쪽에서 농장의 생산 반장님이 집집마다 찾아다니면서

외치는 소리가 들렸습니다.

"타작하는 데 일손이 부족합니다! 모두 농장의
타작 마당으로 오세요!"

생산 반장님이 이렇게 외치고 다니자, 여기저기
에서 할아버지, 할머니 들까지 도리깨를 어깨에 메
고 집에서 나왔습니다.

류밍도 류칭의 손을 이끌고 농장으로 들어섰습니
다. 류밍의 담임 선생님도 언제 오셨는지 반 어린
이들을 데리고 분주히 콩을 나르고 있었습니다.

류밍이 선생님 앞으로 다가가 인사를 했습니다.

"선생님, 오늘 저 콩을 다 타작해야 하나요?"

"응, 기상대에서 사흘 뒤에 큰 비가 온대. 콩이
비를 맞아 싹이라도 나면 정말 큰일이야."

류밍은 선생님의 말을 듣고 깜짝 놀랐습니다. 류
밍은 또다시 류칭을 달랬습니다.

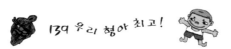

"류칭, 형이 잠깐 타작하는 걸 도울 테니 조금만 기다리렴. 돕고 나서 여치를 잡으러 가자."

"싫어! 빨리 여치 잡으러 가!"

류밍은 다른 방법을 쓰는 수밖에 없었습니다.

"너, 어젯밤에 분명히 그랬지? 나중에 커서 훌륭한 농장의 일꾼이 되겠다고……. 그건 새빨간 거짓말이었니?"

류칭은 형의 말에 아무런 대꾸를 하지 못했습니다. 류밍은 류칭에게 타작 마당 저 편에서 잠깐 기다리라고 한 다음, 타작 마당 한가운데로 들어갔습니다. 류밍의 앞에는 커다란 콩다발 더미가 쌓여 있었습니다.

"콩다발을 밑으로 내려야겠는데, 어떻게 하지?"

생산 대원 아저씨들이 아래에서 콩다발을 끌어내리려고 했지만 어림없었습니다. 그러자 류밍이

재빨리 콩다발 더미 옆에 서 있는 커다란 나무 위로 올라갔습니다.

'호, 참 기특하기도 하지!'

사람들이 이런 생각을 하고 있는 동안, 류밍은 나무 위로 올라가 발로 콩다발들을 아래로 차 내렸습니다.

열심히 일하는 동안 반나절이 홀쩍 지나가 버렸습니다. 어느 정도 일이 마무리되자 류밍은 문득 동생 생각이 떠올랐습니다.

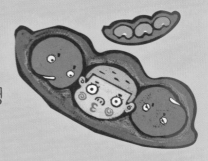

'류칭을 깜박했네. 이 일을 어쩌지?'

타작 마당 근처를 둘러보았지만 동생의 모습은 보이지 않았습니다. 큰 소리로 불러도 아무런 대답이 없었습니다. 류밍은 부리나케 집으로 달려갔습니다. 류칭은 집에도 없었습니다.

류밍은 당황해서 어찌할 바를 모른 채 마을을 뒤지기 시작했습니다. 동생은 지금쯤 어디선가 울고 있을 것이 뻔했습니다.

바로 그 때 류칭인 듯한 목소리가 들려 왔습니다. 그런데 울음소리가 아닌 웃음소리지 뭡니까!

"이 녀석아, 도대체 왜 여기 있는 거야?"

류밍은 안도의 숨을 내쉬며 말했습니다.

류칭은 타작 마당 한쪽 귀퉁이에 앉아 있다가 심심해지자, 혼자서라도 여치를 잡으러 가려고 타작 마당을 나왔습니다. 혼자서 마을 여기저기를 돌아다니며 여치를 찾던 류칭은 지치기도 하고 목도 말라 물을 마시러 집으로 왔습니다.

류칭은 물을 마신 뒤 웨이한네 집의 대문을 두드렸습니다. 웨이한이 열린 문 틈으로 심술궂은 얼굴을 쏙 내밀었습니다.

"그 여치를 어디서 잡았어? 나도 잡으러 가려고 그래."

류칭이 물었습니다

"베어 놓은 콩밭에 많던걸."

"그래? 알았어."

류칭은 쪼르르 콩밭으로 내달렸습니다.

콩밭에는 정말 여치가 많았습니다. 그러나 류칭이 소리를 따라 가까이 가면 여치 소리가 뚝 멈추었습니다. 류칭이 콩다발을 이리저리 뒤적이며 여치를 쫓아다니느라 정신이 팔려 있을 때, 형이 류칭을 찾으러 왔습니다.

"형! 저기, 여치 보이지? 얼른 잡아 줘, 응?"

류밍은 한참 류칭을 노려보다가 소리를 버럭 질렀습니다.

"이 녀석! 콩다발을 이리저리 밟고 다녀서 콩알

들이 전부 땅에 떨어졌잖아!"

류칭은 왜 형이 나무라는지 잘 이해할 수 없었습니다.

"눈 뜨고 잘 봐. 여기 떨어진 게 콩이 아니고 뭐냔 말이야?"

형의 말에 류칭이 아래를 내려다보니, 과연 콩이 수도 없이 떨어져 있었습니다. 형이 이렇게 화내는 모습을 본 적이 없는 류칭은 마침내 울음을 터뜨렸습니다.

류밍은 어떻게 할까 생각했습니다. 좋은 생각이 떠오른 듯 류밍은 러닝 셔츠를 벗어 소매를 동여맨 다음, 거기에 콩을 모으기 시작했습니다. 한창 콩을 줍던 류밍이 고개를 돌렸을 때, 저 쪽에서 류칭도 무릎을 땅에 대고 앉아서 꼬물꼬물 뭔가를 줍고 있었습니다. 가만히 보니 류칭도 떨어진 콩을 줍고

있는 것이 아닙니까!

조금 전에 류밍이 고함을 질렀을 때, 류칭은 겁이 나서 아무 대꾸도 하지 못했었습니다. 그러나 다시 생각하자, 자기가 잘못했다는 것을 알게 되었습니다.

'그래, 형을 본받는 것이 바보처럼 우는 것보다 훨씬 낫지.'

류칭은 곧 쪼그리고 앉아서 콩을 줍기 시작했습니다. 하지만 류칭의 러닝 셔츠는 여러 군데 구멍이 나 있어서 형처럼 할 수도 없었습니다.

'바지에다 담을까? 에이, 그건 안 돼! 내년이면 어엿한 초등 학교 학생이 될 텐데, 어떻게 엉덩이를 내놓는담?'

류칭은 곧 신발을 벗어 콩을 줍기 시작했습니다.

곁눈질로 동생을 보니, 류밍은 조금 전까지 치밀

어 올랐던 화가 눈 녹듯이 사라지고 동생에게 눈을 부라린 것이 못내 후회스러웠습니다. 류칭이 종종거리며 콩을 주워 담고 있었던 것입니다.

"류칭, 저기 그늘에 가서 좀 쉬어. 어린애가 뜨거운 햇볕에 오래 앉아 있으면 안 돼. 나머지는 형이 주울 테니까."

류칭은 형이 말 걸기를 기다렸다는 듯이 대꾸했습니다.

"싫어, 나도 주울 테야."

류밍은 피마자 잎으로 모자를 만들어 동생의 머리에 씌워 주었습니다. 그제서야 류칭의 얼굴에 환한 웃음이 피어 올랐습니다. 류밍은 피마자 잎을 몇 장 더 따서 모자를 만들어 썼습니다.

한참 동안 형제는 말없이 콩을 주웠습니다. 콩을 다 줍고 일어선 형제는 옷에 묻은 흙을 털어 내고 집으로 돌아갔습니다.

　그런데 이 일이 마을에 알려지게 되었습니다. 생산 반장 아저씨가 먼발치에서 류밍 형제가 콩을 줍는 것을 보았던 것입니다. 류밍에게 자초지종을 들은 반장 아저씨는 기특하게 여겨 마을의 촌장님에게 표창을 건의하였고, 온 마을에 소문이 나게 되었던 것입니다.

　표창장을 받아 쥔 류밍은 얼굴이 붉어졌습니다.

　'마땅히 할 일을 했는데, 상까지 타게 되다니!'

　글자를 모르는 류칭은 토끼눈만 하고 있다가, 반장 아저씨가 설명해 주자 어깨를 으쓱했습니다.

　점심을 먹은 후 집 안에 혼자 남게 된 류칭은 또 여치 생각이 났습니다.

　"쓰르륵 쓰르륵……."

　류칭은 입으로 그 소리를 흉내내며 타작 마당으

　자초지종 : 처음부터 끝까지의 과정.

로 달려갔습니다.

　'만일 형이 거기 있으면 나도 어른들의 일을 거
들어야지.'

　류칭은 작은 대나무 소쿠리 하나를 들고, 타작
마당을 돌아다니면서 콩을 주워 담기 시작하였습니
다.

　'여기다 콩을 가득 담아서 형에게 보여 줘야지.
그럼 형도 나를 기특하게 여기겠지?'

　류칭은 콩을 한 소쿠리나 주워 담은 다음 집으로
가져갔습니다. 그런데 집에 도착해 보니 마당에서
여치 소리가 들렸습니다.

　'쓰르륵 쓰르륵……'

　소리를 들어 보니 웨이한네 여치하고는 비교가
되지 않을 정도로 크고 우렁찼습니다.

　마당의 텃밭에 가 보니 호박 덩굴을 받쳐 놓은

대나무 살에 멋진 여치집이 매달려 있고, 여치집 안에는 정말로 근사하게 생긴 여치 한 마리가 앉아 있었습니다.

류밍 형은 마루에서 수건으로 손을 닦고 있었습니다. 방금 여치집을 만들다가 서두르는 통에 그만 손가락 끝을 베고 말았던 것입니다.

"와, 우리 형 최고!"

류칭은 쏜살같이 달려가 형을 껴안았습니다.

'쓰르륵 쓰르륵.'

여치도 새로 이사 온 류칭의 마당이 마음에 드는

지 힘차게 울어댔습니다.

헛똑똑이 부자

옛날, 밭 한 뙈기 없는 가난한 소작인이 지주에게 밭을 빌려 농사를 짓게 되었습니다.

거만하기 짝이 없는 지주는 나온 배를 더욱 앞으로 쏙 내밀고 으스대며 말했습니다.

"좋아 좋아, 밭을 빌려 주지. 하지만 먼저 계약을 해야 되지 않겠느냐? 너나 나나 만족할 만한

소작인 : 남의 땅을 빌려 농사를 짓는 사람.
지주 : 땅을 가진 사람.

계약을 해야지."

소작인은 고개를 끄덕이며 말했습니다.

"네, 당연하신 말씀입니다. 저는 욕심을 부리지
않겠습니다. 그저 저희 가족이 굶지 않고 살아갈
정도만 있으면 충분하니까요."

그러자 지주가 말했습니다.

"그럼 내가 말하마. 내 밭에 네가 무엇을 심든지
간에 밭에서 거두어들이는 것의 윗부분을 나에게
다오. 그 대신 너는 아랫부분을 다 가져라. 어떠
냐? 불만 있느냐?"

소작인은 잠시 생각하고 나서 웃으며 말했습니
다.

"네, 잘 알겠습니다. 그렇게 하지요. 정확하게
거두어들인 농작물의 윗부분을 다 드리겠습니다.
저는 아랫부분을 가지지요."

소작인은 빌린 밭에 토란을 심었습니다.

어느덧 가을이 되어 수확할 때가 되었습니다. 소
작인은 산더미 같은 토란 잎을 거두어 지주에게 갖
다 주었습니다. 토란 잎은 아무짝에도 쓸모 없는
부분이었습니다.

"아니, 이놈이 토란을 심었어?"

지주는 불같이 화를 내며 고래고래 소리를 질렀

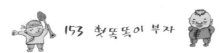

습니다.

"이 은혜도 모르는 놈아! 누가 쓸데없는 이런 것으로 소작료를 내라고 했느냐? 사료로밖에 쓸 수가 없지 않느냐?"

소작인은 딱 부러지게 대답을 했습니다.

"어르신, 저는 계약한 대로 실행했을 뿐입니다. 분명히 그렇게 계약하지 않았습니까? 어르신은 밭에서 나는 것의 위쪽을 갖고 저는 아래쪽을 갖기로 말입니다. 계약에 어긋난 부분이 있으면 말씀해 주시지요."

계약에 어긋난 것이라곤 아무것도 없었습니다.

지주는 할 말이 없자 붉으락푸르락해서 어쩔 줄을 몰랐지만, 괜한 트집을 잡을 수는 없었습니다.

다음 해에도 소작인은 또 지주에게 밭을 빌리러 갔습니다. 그리고 다음과 같이 계약을 했습니다.

소작료 : 남의 땅을 빌려 농사를 짓는 값으로 땅 임자에게 내는 돈이나 물건.

"이번에도 토란을 심겠다면 밭을 빌려 주지 않겠
다. 그러니 올해에는 다른 것을 심어라. 그리고
이번에는 밭에서 거둬들이는 것의 가장 윗부분을
가져오너라. 너는 줄기를 갖고. 어떠냐?"
"네, 물론 어르신 말씀대로 다 따르겠습니다."
그 해에 소작인은 사탕수수를 심었습니다.
드디어 가을이 되었습니다.

소작인은 사탕수수 꽃을 있는 대로 따서 지주에
게 갖다 주고, 자신은 줄기를 짜서 설탕을 만들었

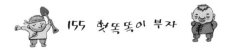

습니다. 설탕은 비싼 값에 팔렸습니다.

'2년 동안이나 계속 골탕을 먹다니!'

지주는 너무나 분했습니다.

3년째 되는 해에 소작인은 또 지주에게 밭을 빌리러 갔습니다.

"네가 알다시피 너에게 2년 동안이나 밭을 빌려 주었지만, 나는 아무것도 건진 것이 없다. 올해 야말로 내 말대로 계약하자."

"그러시지요. 땅을 빌려 주시는 분은 어르신이니 뭐든지 어르신의 분부대로만 하겠습니다."

지주는 머리를 짜서 3년째의 계약에는 아주 복잡한 조건을 붙였습니다.

"좋아. 이번에는 밭에서 거두어들이는 것의 가장 윗부분과 가장 아랫부분, 그리고 줄기는 모두 나에게 가져오너라. 너는 잎사귀와 나머지를 가져

가거라. 알겠느냐? 그대로 할 수 있겠느냐?"

"네, 알겠습니다."

이렇게 해서 소작인은 3년째에도 밭을 빌렸습니다. 소작인은 그 해에는 토란도 아니고, 사탕수수도 아닌 옥수수를 심었습니다.

여름이 되자 옥수수가 주렁주렁 열렸습니다. 소작인은 옥수수 열매만 자신이 갖고, 나머지 부분은 모두 지주에게 실어다 주었습니다.

"으악, 또 당했다!"

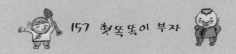

인정 많은 밍자이

깊은 산골 마을에 밍자이라는 소년이 살았습니
다. 밍자이는 어렸을 때 부모를 잃고 고아가 되었
기 때문에 아주 쓸쓸하게 살아갔습니다. 산 속에
서 나무도 베고 약초도 캐며 고달프게 살아갔지만,
밍자이는 인정도 많고 마음이 착했습니다.

이 나무를 쓱쓱 베어다가

양식도 사고

옷감도 사고

신발도 사야지.

밍자이는 노래를 부르며 산의 나무를 베고 있었습니다. 그런데 갑자기 주변이 소란스러워졌습니다. 밍자이의 곁으로 여러 짐승이 정신 없이 뛰어서 도망치고 있었습니다.

'사냥꾼이 올라왔나? 무슨 일이 생겼나?'

밍자이는 재빨리 곁에 있는 나무 위로 올라가 주위를 살펴보았습니다. 숲 속 저 쪽에서 어미사슴 한 마리가 새끼 사슴을 데리고 이 쪽으로 도망쳐 오고 있는 것이 보였습니다. 그리고 그 뒤에는 집채만한 커다란 호랑이가 이빨을 드러내고 쫓아오고

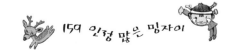

있었습니다.

'이키나! 저걸 어쩌지?'

어미사슴은 긴 다리로 날쌔게 도망을 치다가도 아직 잘 달리지 못하는 새끼 사슴 때문에 다시 되돌아가서 새끼 사슴을 데려오곤 하였습니다.

호랑이가 거의 새끼 사슴 가까이까지 이르렀습니다. 이제 몇 걸음만 몸을 날리면 가여운 새끼 사슴은 호랑이에게 붙잡힐 처지에 놓이고 말았습니다.

'도저히 그냥 보고 있지 못하겠구나!'

밍자이는 호랑이가 바로 나무 밑에 이르렀을 때, 날쌔게 뛰어내려 호랑이의 앞을 가로막았습니다.

"네 이놈, 멈춰!"

밍자이가 소리치며 뛰어내리자 호랑이는 놀라서 주춤거렸습니다.

"어흥!"

　호랑이는 새끼 사슴 대신 밍자이를 잡아먹으려고
덤벼들었습니다. 밍자이는 재빨리 곁에 있던 약초
광주리를 호랑이의 머리 위로 집어던졌습니다.
　"어흥! 어흥!"

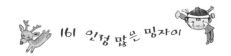

약초 광주리를 머리에 뒤집어쓴 호랑이는 미친 듯이 광주리를 찢으며 날뛰었습니다. 호랑이가 발톱으로 광주리를 찢느라고 버둥거리는 동안, 밍자이는 어미사슴과 아기사슴을 데리고 나무 위로 올라갔습니다.

약초 광주리를 다 찢어 낸 호랑이는 나무 밑에서 미친 듯이 날뛰다가 마침내 지쳐서 고개를 축 늘어뜨린 채 어디론가 사라져 버렸습니다.

얼마 후에 밍자이는 사슴들을 나무에서 내려 주었습니다.

"앞으로는 더욱 조심해야 한다. 알았지? 안전한 데서만 지내도록 해."

사슴들은 마치 밍자이의 말을 알아듣기라도 하는 듯 촉촉한 큰 눈망울로 밍자이를 한참 동안 쳐다보더니 산 속으로 사라졌습니다.

그리고 1년이 지났습니다.

밍자이는 여느 때처럼 나무를 하러 산에 올라갔습니다. 그런데 예전에 사슴을 살려 주었던 그 나무 옆 큰 바위 위에 따끈따끈한 떡이 놓여 있는 것이 아닙니까?

"누가 먹다가 남겨 놓았나? 주인이 보이지 않으니 내가 고맙게 먹어야겠다."

떡을 다 먹고 숲 속으로 들어가니, 이번에는 잘 묶어 놓은 커다란 나뭇단이 눈에 띄었습니다. 그 나뭇단은 금방 지고 갈 수 있도록 다 준비가 되어 있었습니다.

'사람이 다녀간 흔적 같은 건 없는데, 거참 이상한 일이네!'

밍자이는 이상하게 여기면서 나뭇단을 지고 집으로 돌아왔습니다. 나무를 하지 않았기 때문에 피곤하지도 않아 발걸음이 가벼웠습니다.

다음 날에도 바위 위에는 먹음직스러운 떡이 놓여 있고, 숲에는 묶어 놓은 나뭇단이 있었습니다.

"정말 이상한 일이로구나! 누가 나를 도와 주려는 것일까?"

그런 일이 사흘째 계속되었습니다.

밍자이는 너무 궁금해서 참을 수가 없었습니다. 그래서 나흘째 되는 날은 아예 일찌감치 산에 올라가서 바위 근처의 큰 나무 위에 숨었습니다.

점심때가 되자 어디선가 가벼운 발걸음 소리가 들려 왔습니다. 어여쁜 아가씨가 깨끗한 옷을 입고 작은 바구니를 들고 콧노래를 부르며 걸어오고 있었습니다. 이윽고 그 바위가 있는 곳까지 온 아가씨는 바위를 말끔히 닦은 다음, 바구니 속에서 따끈따끈한 떡을 꺼내 바위에 내려놓고는 돌아서는 것이었습니다.

밍자이는 나무에서 뛰어내려와 아가씨를 붙잡았습니다.

"잠깐만요, 아가씨!"

아가씨는 무척 놀랐지만, 얼굴을 붉히며 다소곳

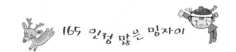

이 서 있었습니다.

"왜 떡을 여기에 놓고 가나요?"

"도련님 드시라고요."

아가씨는 수줍어서 볼을 붉히며 말했습니다.

밍자이는 깜짝 놀라서 물었습니다.

"나는 아가씨를 처음 보는데, 아가씨는 나를 아

십니까? 이런 친절을 베푸는 이유가 뭔가요?"

"도련님은 성실하고 마음씨가 착한 분이라는 걸 알고 있어요."

칭찬을 들은 밍자이는 기분이 좋았습니다.

"아가씨의 이름을 알고 싶군요."

"제 이름은 루안입니다."

밍자이는 첫눈에 루안이 마음에 들었습니다. 그래서 헤어지고 싶지가 않아서 용기를 내서 루안에게 말했습니다.

"루안, 나는 외롭게 혼자 살고 있어요. 내 아내가 되어 함께 오손도손 살지 않겠습니까?"

루안은 수줍은 듯 붉어진 얼굴을 숙이면서 고개를 끄덕였습니다.

두 사람은 손을 잡고 숲길을 내려왔습니다. 한참을 걸어 내려오는데 숲 속에서 한 소년이 땀을 뻘뻘 흘리며 나무를 베어 나뭇단을 묶고 있었습니다.

"제 동생인데 도련님을 위해서 나뭇단을 만들고 있지요."

"오, 정말 고맙소. 나를 위해 이런 수고를 하다니요."

밍자이는 그 소년의 손을 잡고 다정하게 인사하고 함께 집으로 돌아왔습니다.

그 날부터 밍자이의 집에서는 굴뚝의 연기와 함께 행복이 솔솔 솟아났습니다.

밍자이가 선녀처럼 예쁜 아내를 맞아서 산다는 이야기가 온 동네에 널리 퍼졌습니다.

"선녀라도 저만큼 예쁘지는 않을 거야."

동네 사람들은 만날 때마다 소곤거렸습니다. 그런 칭찬의 말이 마침내 그 동네에서 제일 부자인 황씨의 귀에 들어갔습니다. 황씨는 욕심이 아주 많은 사람이었습니다.

‘흥! 그렇게 예쁘다면 당연히 내가 빼앗아야지.’

황씨는 루안을 빼앗을 나쁜 계획을 세웠습니다.

어느 날 황씨는 밍자이가 없는 틈을 타서 루안을

찾아갔습니다.

“오, 정말 아름답구나! 너처럼 고운 여인이 밍자

이 같은 가난뱅이의 아내가 되어 고생을 하며 살

다니…. 참으로 가엾고 딱하구나!”

황씨의 말에 루안은 이맛살을 찌푸리며 쌀쌀하게

말했습니다.

“가난한 건 중요하지 않아요. 가난해도

우리는 행복하기만 한걸요.”

하지만 황씨는 포기하지 않았습니다.

“나는 큰 부자란다. 나를 따라간다면 너는 평생

좋은 음식을 먹고 아름다운 옷을 입으며 하인들

의 시중을 받고 살 수 있단다.”

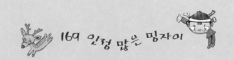

루안은 그 말에 귀를 막으며 소리쳤습니다.

"돌아가세요! 이 무슨 짓입니까? 비록 가난할지
언정 저는 착한 제 남편을 존경합니다."

냉정한 루안의 태도에 황씨는 분해하면서 집으로
돌아왔습니다.

"흥, 반드시 너를 내 색시로 삼고 말 테다!"

며칠 후 황씨는 다시 밍자이의 집을 찾아왔습니
다. 그 때 마침 루안은 마을에 장사를 나가고 밍자
이는 혼자서 나뭇단을 고르고 있었습니다.

황씨가 거만하게 말했습니다.

"밍자이! 네 색시를 주면 많은 땅과 돈을 주겠
다. 너는 그 돈으로 다른 아가씨를 아내로 맞을
수 있을 거야."

그 말에 밍자이는 얼굴이 새빨개지며 호통을 쳤
습니다.

"부자들은 아내를 돈으로 삽니까?

난 그런 거 모르오. 썩 꺼져요!"

밍자이는 문을 쾅 닫고 집 안으로 들어가 버렸습니다.

'흥, 두고 보자. 후회할 날이 있을 것이다.'

황씨는 씩씩거리며 집으로 돌아갔습니다.

다음 날 새벽, 밍자이는 루안과 함께 산으로 일하러 갔습니다. 깊은 숲 속에 들어서자, 루안은 약초를 캐고 밍자이는 나무를 하기 시작했습니다.

"쾅! 쾅!"

밍자이가 땀을 뻘뻘 흘리며 나무를 베고 있을 때, 근처의 나무 뒤에서 소리없이 두 그림자가 나타났습니다. 황씨와 그의 하인이었습니다. 두 사나이는 나무하느라 발자국 소리를 듣지 못한 밍자이의 뒤로 다가가 목을 조르기 시작했습니다.

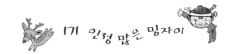

171 인정 많은 밍자이

밍자이는 발버둥치며 아내를 불렀습니다.

"루… 안…."

밍자이는 위험을 알리고 싶었지만, 말이 나와 주지 않았습니다. 황씨와 하인은 밍자이를 낭떠러지 끝까지 끌고 갔습니다.

바로 그 순간, 난데없이 숲 속에서 사슴 한 마리가 무섭게 돌진해 왔습니다. 달려온 그 사슴은 날카로운 뿔로 있는 힘을 다해 황씨를 찔렀습니다.

황씨는 비명을 지르며 그 자리에 나동그라졌습니다. 사슴도 뿔이 부러진 채 그만 쓰러지고 말았습니다.

밍자이는 겨우 두 사람의 손에서 벗어났습니다. 하지만 정신을 차린 황씨의 하인이 칼을 꺼내 밍자이를 낭떠러지로 몰아붙이기 시작했습니다. 밍자이는 다시 낭떠러지 끝까지 밀렸습니다.

그 순간, 아까처럼 숲 속에서 또 한 마리의 사슴이 뛰어나왔습니다. 그 사슴은 번개처럼 날렵하게 달려와 황씨의 하인을 뿔로 들이받았습니다.

황씨의 하인은 외마디 소리를 지르면서 낭떠러지로 굴러떨어졌습니다.

죽을 힘을 다하여 하인을 들이받은 사슴도 함께 낭떠러지로 떨어지고 말았습니다.

밍자이는 정신을 차리고 쓰러져 있는 사슴을 안

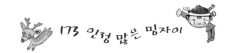

아 올렸습니다. 그리고 조심스럽게 낭떠러지 아래
로 내려갔습니다.

내려가 보니 황씨의 하인은 바위에 머리를 부딪
쳐서 죽어 있었습니다. 하지만 사슴은 다행히 다리
를 다쳤을 뿐 살아 있었습니다.

'아, 이제 알겠다. 이 사슴들은 옛날에
내가 호랑이한테 구해 준 그 사슴들이
로구나! 정말 고맙기도 하지!'

밍자이는 사슴들이 은혜를 갚으려고 목숨을 걸고
자기를 구한 것을 깨닫고 눈시울이 뜨거워졌습니
다. 두 사슴을 가슴 양쪽에 안고 낭떠러지 위로 올
라온 밍자이는 아내를 불렀습니다. 그렇지만 아내
의 모습은 어디에도 보이지 않았습니다.

날이 저물자, 밍자이는 사슴들을 껴안은 채 큰
바위 위에 앉아 흐느껴 울었습니다. 가난 때문에

아내를 잃어버렸다고 생각하자 하염없이 눈물이 흘렀습니다.

한참 울던 밍자이는 문득 인기척을 느끼고 돌아섰습니다. 머리가 온통 하얀 할머니 한 분이 인자한 얼굴로 밍자이를 내려다보고 있었습니다.

"젊은이, 너무 걱정 말고 사슴들을 잘 돌보도록 해요. 그 사슴들이 건강해지면 꼭 젊은이의 색시를 찾아 줄 거요."

밍자이는 할머니에게 간절히 부탁했습니다.

"할머니, 이 사슴들을 낫게 할 방법을 알고 계시지요? 제발 저에게 그 방법을 가르쳐 주세요."

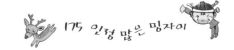

할머니는 빙그레 웃으며 고개를 끄덕였습니다.

"이 숲의 동쪽 끝에 있는 시내 건너편에 벼랑이 있는데, 그 벼랑 위에 소나무가 한 그루가 있어요. 그 소나무의 솔방울을 하루에 두 개씩 사슴들에게 먹이면 금방 건강해질 거요."

"알겠습니다. 고맙습니다, 할머니."

밍자이가 절을 하고 고개를 들어 보니 할머니는 보이지 않았습니다.

사슴들을 집으로 데려온 밍자이는 다음 날부터 사슴들을 데리고 산으로 갔습니다.

나무를 해 놓은 다음, 어렵사리 벼랑을 기어올라 솔방울을 두 개씩 따다가 사슴들에게 먹였습니다.

'여보, 조금만 기다려 줘요. 내 당신을 꼭 찾을 테요.'

밍자이는 사슴들의 상처가 나아 가는 것을 보며 모든 괴로움을 꾹 참았습니다. 사슴들은 하루가 다르게 건강을 회복했습니다.

어느덧 3년의 세월이 흘렀습니다. 뿔이 부러졌던 사슴은 새 뿔이 돋았습니다. 다리가 부러졌던 사슴은 튼튼한 다리를 갖게 되었습니다.

하루는 밍자이가 나무를 하다가 잠시 쉬면서 사슴들에게 말했습니다.

"정말 다행이다. 너희들의 몸이 다시 건강해진 것을 보니 기쁘구나. 그런데 보고 싶은 내 아내는 어디에 있는 것일까?"

밍자이는 슬픈 목소리로 중얼거렸습니다.

그리고 또 솔방울을 따러 벼랑으로 올라갔습니다. 솔방울을 따 가지고 사슴들이 있는 곳으로 돌아온 밍자이는 눈이 휘둥그레졌습니다.

"아니!"

사슴들이 앉아 있던 자리에는 사슴들은 간 데 없고 그리운 아내와 귀여운 소년이 앉아 있는 것이 아닙니까! 3년 동안 애타게 찾던 아내 루안과 루안의 동생이었습니다

밍자이는 단숨에 달려가 아내를 껴안았습니다.

"여보, 보고 싶었소. 그 동안 어디 있었소? 그런데 여기 있던 사슴들을 보지 못했소?"

루안과 소년은 서로 바라보며 싱긋 웃었습니다.

밍자이는 다시 행복을 되찾았습니다. 세 사람은 오래오래 행복하게 잘 살았답니다.

그루터기의 선물

동물들이 모여 사는 마을 어귀에
그루터기가 하나 있었습니다.

예전에는 하늘을
찌를 듯한
큰 나무였지만

지난 해 겨울, 동물들이 땔감으로 쓰기 위해 나무를 베어 버려
나무 밑동만 남게 되었답니다.

따뜻한 봄이 왔습니다.

꽃과 나무 들은 활짝 웃으며 봄을 맞이했어요.

하지만 그루터기는 화가 잔뜩 난 얼굴로 이마를 찡그리고 있었어요.

어?

곰아, 안녕? 다람쥐야, 안녕?

안녕

안녕

얘들아, 그루터기 봤니? 봄이 왔는데도 새싹을 틔우지 않고 얼굴을 찌푸리고 있지 뭐야.

언제나 든든하게 마을을 지켜 주었었는데 밑동만 남았으니 얼마나 쓸쓸하겠어? 추워도 좀 참을걸, 우리가 몹쓸 짓을 했나 봐.

맞아! 봄이 되면 정말 멋진 꽃을 피웠었는데 말이야.

우리, 그루터기에게 가서 부탁해 보자. 예쁜 꽃을 피워 달라고 말이야.

그래. 모두 함께 부탁한다면 틀림없이 들어 줄 거야.

그루터기야, 예전처럼 예쁘고 멋진 꽃을 활짝 피워 줘!

흥!

내가 왜?

봄이 가고 무더운 여름이 왔습니다.

아, 덥다 더워! 이러다간 산 채로 통구이가 되겠다!

아이, 기운 없어. 안녕, 돼지야?

안녕? 날씨가 정말 덥지?

예전 같으면 큰 나무 그늘에 앉아서 시원하게 쉬고 있을 텐데….

그루터기에게 다시 한 번 부탁해 볼까?

그루터기야, 빨리 자라서 예전처럼 시원한 그늘을 만들어 줘!

흥!

가을이 되었습니다.

큰 나무가 없으니 먹을 게 부족해. 예전에는 큰 나무에서 나는 열매로 배불리 먹었는데 말이야.

맞아

베어 버렸으니 할 수 없지. 우리, 그루터기에게 다시 한 번 부탁해 볼까? 이번에는 들어 줄지도 몰라.

그래, 가 보자.

그루터기야, 예전처럼 맛있는 열매를 많이 맺어 줘! 부탁이야!

흥!

싫어!
자라면 너희들이
또 잘라 버릴 거잖아.

…….

그루터기는 동물들에게 꽃과
그늘과 열매 대신 다른 것을
주기로 마음
먹었어요.

흥,
따끔한 선물을
나누어 주마!

룰룰루
랄랄라….

아얏!

헤헤헤~,
맛이 어때?

쿵!

코끼리 너는 덩치가 크니까 큰 혹을 줄게.

고마워, 훌쩍!

히히히, 다른 친구들에게도 모두 나누어 줘야지!

나는야 세상에서 제일 멋진 멋쟁이 쥐!

쾅!!

하하, 생쥐 너는 작으니까 너처럼 조그만 혹을 줄게. 히히히.

그루터기가 선물로 주어서 동물 친구들의 머리에는 혹이 하나씩 생겼습니다.

맙소사! 하나도 빠짐 없이 그루터기에게 혹 선물을 받았구나!

하나씩 다 받았으니 이제 더 이상 받고 싶지 않아!

맞아! 계속 받았다가는 머리가 남아나지 않을 거야.

우리, 그루터기에게 부탁하러 가자.

그래, 그래. 나도 혹 선물은 싫어.

그루터기야, 이제 혹 선물은 그만 줘! 부탁이야!

흠….

고마워!

알았어, 이제 그만 줄게.

어느덧 추운 겨울이 왔습니다.

눈이 오네!

그루터기는 할 일이 없어지자 하늘만 멍하니 쳐다보았습니다.

그루터기가 춥지 않을까?

영차!

응?

동물들은 열심히 마른풀을 모아서 그루터기를 덮어 주었어요.

얼음이 꽁꽁 얼고 눈보라가 쳤지만 그루터기는 하나도 춥지 않았습니다.

이듬해, 다시 따뜻한 봄이 찾아 왔습니다.

봄이에요, 봄! 봄이 왔어요.

아, 따뜻해!

야아~, 정말 봄이네. 힘이 솟는걸!

그루터기는 뭘 하고 있을까?

그 동안 너무 추워서 그루터기한테 가 보지 못했어!

한번 가 보자!

동물들은 그루터기에게 덮어 주었던 마른풀을 치웠습니다.

앗! 얘들아, 이것 좀 봐! 여기!

뭐야, 뭐?

새싹이야!
야아, 예쁘다!

만세!

야호~! 이제 다시
그루터기가 큰 나무
가 될 수 있어!

동물들은 그루터기가 예전처럼 큰 나무가 되기를 바라며 신나게 춤을 추고
노래를 불렀습니다.

그루터기는 무럭무럭 자라 크고
튼튼한 나무가 되었답니다.

재미있게 읽어 보았나요? 다음의 문제를 풀면서
논술의 기초를 튼튼하게 다져 보세요.

1 〈덜렁덜렁 덜렁이〉를 읽어 보았나요?
청린이 학교에 메고 간 초록색 가방은 누구의 가방이었나요?

① 동생 링링의 가방   ② 어머니의 가방

③ 아버지의 가방   ④ 할머니의 가방

2 〈두 꾸러기의 변화 무쌍한 장래 희망〉을 읽어 보았나요?
탕 할아버지가 두 꼬마 과학자에게 가르쳐 준, 비행기를
만드는 진짜 비법은 무엇인가요?

3 (   ) 안에 알맞은 말을 보기에서 골라 번호를 쓰세요.

① 수위 아저씨가 (   ) 졸고 있었습니다.

② 할머니는 한 주먹밖에 남지 않은 쌀을 (   ) 긁어
밥을 지었습니다.

③ 류칭은 (   ) 콩밭으로 내달렸습니다.

④ 뤼센은 낫을 꼭 잡고 팔에 힘을 주어 (   ) 시원스럽게
베어 나갔습니다.

1. 싹둑싹둑   2. 박박   3. 쪼르르   4. 꾸벅꾸벅

4 〈혼쭐난 호랑이〉를 재미있게 읽었나요?
다음은 할머니가 누구를 생각하고 한 말일까요?

"아이고, 아궁이 속에서 몸이 터져 버렸구나! 고마운 것!"

① 완두콩　　② 달걀
③ 대들보　　④ 게

5 덜렁대는 사람을 덜렁이, 거짓말을 잘 하는 사람을 거짓말쟁이라고 해요. 이와 같이 어떤 특성을 가진 사람을 나타내는 말을 생각나는 대로 써 보세요.

6 다음의 채소와 곡식 중에서 씨나 열매를 먹는 것은 ○, 잎이나 줄기를 먹는 것은 △, 뿌리를 먹는 것은 □하세요.

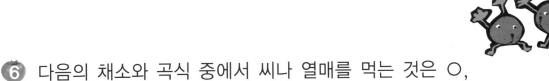

오이　당근　배추　무　시금치　벼　옥수수　고추

7 〈우리 형아 최고!〉를 읽고 느낀 점을 마음껏 써 보세요.

8 〈인정 많은 밍자이〉와 가장 관계 깊은 낱말에 ○하세요.
① 우정　　② 애국　　③ 정직　　④ 은혜